Berg und Tal – Episoden aus dem Leben

Berg und Tal

Episoden aus dem Leben

Martin Stülten

2023

Die Personen und die Handlungen des Buches sind frei erfunden. Ähnlichkeiten mit lebenden oder toten Personen wären rein zufällig und sind meist nicht beabsichtigt. Sollten sie jedoch vorkommen, so stellen sie keine Beeinträchtigung oder Bevorzugung im Handeln und Denken von Herrn Bergmann dar.

Für euch alle.

[Teil 1]

[1] »Sie sind chronisch krank!«, sagte der müde blickende, rothaarige Arzt in seinem etwas zu eng sitzenden Polohemd und schaute ihm dabei fest in die Augen. Das war nun nicht das, was Bergmann hören wollte. Das war ganz und gar nicht die Antwort, die er von seinem Kardiologen hören wollte! Ihm schwebte eine Antwort vor, nach der er so weiterleben konnte, wie bisher und keine, die ihn in naher Zukunft beeinträchtigen würde. Aber chronisch krank? Und dann eine Erkrankung namens KHK? Hörte sich eher nach der Verbandsbezeichnung eines im Südschwarzwald ansässigen Kreishandwerkerverbandes an als nach einer schwerwiegenden Krankheit.

»Koronare Herzkrankheit – kann sich doch eigentlich keiner so richtig etwas darunter vorstellen«, dachte Bergmann. Dabei war es gerade einmal neun Tage her, dass sich für Mats Bergmann, IT-Sicherheitsberater und Kuchenliebhaber, das Leben komplett verändert hatte.

Er saß zu Hause im Homeoffice und fühlte sich plötzlich gar nicht gut. Schweißausbrüche, Herzrasen, Schwindel – was war bloß los mit ihm? »Ach, das kann man bestimmt ignorieren, geht sicher gleich vorbei«, dachte Bergmann noch und wollte nicht weiter darüber nachdenken. Obwohl, hatte er nicht vor ein paar Tagen schon einmal so ein beklemmendes und undefinierbares Gefühl in der Brust gespürt? Zu seinem Hausarzt gehen, das wollte Bergmann eigentlich nicht, der hatte seine Praxis zwar nur zwei Häuser weiter in direkter Nachbarschaft. Aber was sollte er dort sagen? Ihm sei irgendwie schlecht? Er hätte da so ein komisches Gefühl? Davon hatte Bergmann ja sowieso öfter welche, ohne damit jedes Mal zum Arzt zu rennen. Und diese komischen Gefühle hatten dann auch keinen medizinischen Hintergrund, sondern entstanden eher aus Bergmanns persönlicher Betrachtung der Dinge und Menschen.

Aber jetzt war es anders. Er merkte, es war etwas Elementares, etwas Schwerwiegendes. Er fühlte, nein, plötzlich wusste er, er muss JETZT losgehen, damit ihm geholfen wurde. Also schnappte Bergmann sich seine Jacke, nahm die vier Etagen zu Fuß durchs Treppenhaus – für den Fahrstuhl hatte er keine Zeit. Doch er merkte, dass er schon auf diesem kurzen Stück merklich schwächer wurde. Er trat nach draußen, musste nur um die nächste Hausecke, dann wäre er schon da. Doch Bergmann merkte, es wurde knapp. Ihm fehlte die Kraft, ihm wurde schwindelig, er fühlte sich unsagbar schlapp und schwer. Was war nur los mit ihm?

Mit letzter Kraft schaffte er es bis zur Praxis, stolperte an den Empfangstresen und stammelte nur noch: »Ich brauche einen Arzt. Sofort! Mir geht es überhaupt nicht gut, ich klappe gleich zusammen.« Zum Glück war auch sofort Hilfe zur Stelle. Auf einer Krankenliege wurde ihm ein EKG angelegt. Der ihn betreuende Arzt handelte ruhig und überlegt. Bergmann wurde immer schwindeliger, plötzlich hatte er Angst, sogar richtig panische Angst. Er wusste nicht, wovor und warum. Aber er wusste, dies war kein Spaß, und wenn ihm nicht sofort geholfen würde, dann würde etwas Schreckliches passieren. Nur was passieren würde, das konnte Bergmann nicht festmachen.

Der untersuchende Arzt meinte ruhig: »Sie müssen sofort ins Krankenhaus, Verdacht auf Herzinfarkt.« Bergmann dachte erst, das kann doch nicht wahr sein. Ich kann doch nicht ernsthaft krank sein. Und ganz plötzlich passierte es, es zog ihn etwas nach unten oder quasi nach innen. So schwindelig und so schlecht war ihm noch nie. Er konnte nicht mehr reden, er konnte nicht mehr klarsehen, er wollte hier nicht sein! Es war, als wenn ihn ein großer unheimlicher Strudel in die Tiefe ziehen würde, und er konnte absolut nichts dagegen unternehmen. »Herr Bergmann, machen Sie mal die Augen auf!« Diesen Satz hörte er immer wieder, aber er verstand nicht, was er damit zu tun hatte. Warum sollte er die Augen aufmachen? Er hatte sie doch auf, oder?

»... Herr Bergmann? Haben Sie gehört, was ich Ihnen gesagt habe?« Der rothaarige Arzt schien verwirrt, da Bergmann seinen Ausführungen anscheinend nicht folgen konnte oder wollte. Bergmann hing immer noch seinen eigenen Gedanken nach: die Fahrt ins Krankenhaus, die er nur sehr schemenhaft wahrgenommen hatte, die Tage auf der Intensivstation und zum Schluss die Tage auf der Normalstation, die anscheinend dem einzigen Zweck dienten, dass Betten im Krankenhaus gefüllt wurden und Patienten ab sechs Uhr morgens in einen militärisch anmutenden Alltag gezwungen wurden, damit sie spätestens zwei Stunden später wieder in tödliche Langeweile versanken. Zudem hatte er in einem Zimmer mit drei weiteren Patienten liegen müssen, die in den Nächten gefühlt alle paar Minuten zur Toilette rannten oder an einem hartnäckigen und Stunden andauernden Hustenanfall litten.

Jetzt saß Bergmann hier in der Praxis seines Kardiologen, hatte einen Herzinfarkt, die anschließende Reanimation mit Elektroschocks, den Einsatz von zwei Stents und den Krankenhausaufenthalt so weit überstanden, dass man ihn nächste Woche in die Reha schicken wollte. »Idyllisch gelegen an der Ostsee«, wie der Prospekt der entsprechenden Klinik vielversprechend anpries. »Gut, dass ich noch keinen Frühjahrsurlaub gebucht hatte«, dachte

Bergmann. So kann ich wenigstens die Idylle an der Ostsee genießen.

[2] Bergmann saß in seinem Wohnzimmer, trank Kaffee und schaute aus dem Fenster seiner Neubauwohnung. Sein Blick streifte über die Innenhöfe, kleinen Gärten und spielenden Kinder in der benachbarten Kita. Dann war da noch die durchdringende Stimme seiner Nachbarin Gisela, die versuchte, ihren gänzlich unerzogenen Hund Schröder zum Mitkommen zu animieren. Aber Schröder hatte seinen eigenen starken Willen und hielt nichts vom Mitkommen, zumal dieser Versuch zur Hundeerziehung eher laut als überzeugend vorgebracht wurde.

Bergmann wurde schon wieder müde, er brauchte dringend noch einen zweiten Kaffee, damit er nicht schon am Nachmittag in einen ohnmachtsähnlichen Schlaf verfiel. Als er aus der Küche zurück in sein Wohnzimmer kehrte, warf er einen kurzen Blick in den Spiegel im Flur. Was er da sah, gefiel ihm nicht sonderlich. Er sah einen Mann mit zunehmend grauem Haar, welches ihm unkontrolliert vom Kopf hing. Sein müdes und eingefallenes Gesicht zeugte auch nicht gerade von Agilität und Übermut, was nach den Geschehnissen der letzten Tage und der damit verbundenen Krankenhausdiät (Hunger war das letzte, was er verspürte) nicht weiter verwunderlich war. Doch was sah er sonst noch im Spiegel? Einen desillusionierten Mann in den besten Jahren (So sagte man doch, wenn jemand nicht mehr wirklich jung war?), der nach seinem Studium der Literaturwissenschaft keinen passenden Job fand und dann auf Umwegen im IT-Sektor gelandet war. Er lebte seit mehreren Jahren allein, hatte mal eine längere feste Beziehung gehabt, doch war er laut Aussage seiner Ex nicht engagiert genug im Erkennen der Bedürfnisse seiner Freundin gewesen. Mittlerweile hatte er sich an das Alleinwohnen gewöhnt, gab aber die Hoffnung nicht auf, dass die Richtige noch kommen würde. »So weit so ungut«, dachte Bergmann, nickte seinem Spiegelbild kurz zu und schlurfte zurück ins Wohnzimmer.

Auf dem Wohnzimmertisch lag neben dem Klinikprospekt auch eine sogenannte Koffer-Packliste. Die hatte die Klinik mitgeschickt, was für eine nette Geste. Was es aber mit all den Dingen bloß auf sich hatte, überlegte Bergmann, und schaute sich die Liste genauer an. Greifhilfe, eigenes Beatmungsgerät oder Peak-Flow-Meter (was auch immer das sein sollte) waren wohl keine Dinge, die er selbst mit zur Reha nehmen musste.

Dabei hatte Bergmann noch nie darüber nachgedacht, jemals zu einer Reha fahren zu müssen, zumal in seinem Alter. Er gehörte doch nicht zu denen, die in dem Zustand waren, dass sie eine Reha-Maßnahme nötig hätten, so hatte Bergmann jedenfalls bis zum heutigen Tag gedacht. In seinen fast 50 Lebensjahren konnte er sich über einen einigermaßen gesunden Lebenswandel freuen. Seine Sporteinheiten waren auch mit zunehmendem Alter nicht komplett verschwunden, und seine Essgewohnheiten würden inzwischen jeden Ernährungswissenschaftler in Freude versetzen. Kaum noch Fleisch, hin und wieder mal Fisch, mehr Vollkorn, Gemüse und Rohkost. Und nur noch ganz ab und zu mal ein Stück Kuchen – sein einziges großes Laster. Kaffee und Kuchen, das war etwas, auf das Bergmann nicht verzichten wollte und konnte, aber inzwischen konnte er selbst diese Leckerei in Maßen genießen.

Blieb noch die Arbeit als Risikofaktor für einen Infarkt? Nun ja, er arbeitete lange und viel, aber was sollte er machen, wenn seine

Dienste als Sicherheitsberater so gefragt waren? Er hatte sich da so hineingearbeitet und Karriere gemacht. Früher, vor über 20 Jahren, hätte er nie gedacht, dass er mal im IT-Bereich arbeiten würde. Aber dann hatte der Zufall ihm seinen ersten Job ermöglicht, und er merkte, er war gut in seinem Tun, sogar sehr gut. Die Aufträge und Anfragen wurden umfangreicher, er fühlte sich gebraucht und anerkannt. Dann wagte er den Schritt in die Selbständigkeit, auch schon wieder mehr als zehn Jahre her, und seitdem war er viel unterwegs und beriet Touristikunternehmen in Sicherheits- und IT-Fragen.

Doch in den letzten Jahren wollte er nicht mehr in dieser Branche arbeiten. Der Druck und die Herausforderungen wurden größer und größer, immer neue technische Entwicklungen verstärkten sein Arbeitstempo immens, und die Kunden wurden immer anspruchsvoller und fordernder, um gleichzeitig immer weniger bezahlen zu wollen. Aber deshalb konnte er doch nicht krank geworden sein? Oder hatte ihn der berufliche Stress schließlich doch in diese Situation gebracht? Machte ihn vielleicht sogar die private Situation des Alleinseins zu einem Risikopatienten?

Also, wo kam dieser verflixte Herzinfarkt her? Wie sagte der Arzt im Krankenhaus so schön: »Da sind Sie wohl genetisch vorbelastet. Da könn'se nichts machen.« Ob das nun ein Trost sein sollte? Klar, sein Vater hatte in jungen Jahren ebenfalls einen Infarkt erlitten, aber ob das deshalb auch auf ihn zutraf? Bergmann hatte sich auf jeden Fall vorgenommen, dass sich etwas ändern müsste. Nur was, das wusste er noch nicht. Und so schaute er lieber aus dem Fenster, als sich mit seiner Packliste oder den Veränderungen in seinem Leben zu beschäftigen.

Um die Einkäufe musste er sich die Tage zu Hause zum Glück nicht kümmern. Bevor er aus dem Krankenhaus zurückkam, hatte Bergmann seine Nachbarn angerufen und gebeten, ob sie ein paar Vorräte für ihn besorgen könnten. Der Nachbarssohn Malte hatte diese Aufgabe übernommen, um sich hinterher über ein üppiges Trinkgeld zu freuen; als Teenager konnte er jeden Euro extra sehr gut gebrauchen. Die Eltern von Malte kümmerten sich dafür um ihn. Sie besuchten ihn zwischendurch und fragten nach seinem Befinden; eigentlich wollten Sie ihn ungerne allein in seiner Wohnung lassen. Aber Bergmann fühlte sich nur hier wohl, er würde doch nicht in das Gästezimmer nebenan einziehen – dann würde er sich ja erst richtig krank und alt fühlen.

[3] Noch drei Tage – dann startete die Reha. Alle Ärzte hatten ihm dazu geraten, sagten, dass es nützlich wäre und hilfreich. War Bergmann vorbereitet, freute er sich, oder war ihm das alles nicht ganz geheuer? Er war sich selbst nicht sicher. Die Packliste lag weiterhin auf dem Wohnzimmertisch, der Koffer stand im Flur – noch war nichts gepackt, nichts vorbereitet. Aber er hatte ja noch Zeit, außerdem schmerzte sein Brustbein und sein Brustkorb. Beides war bei der Reanimation stark in Mitleidenschaft gezogen worden und ein, zwei Rippen wurden auch angebrochen. »Da haben die Sanitäter ganze Arbeit geleistet.« Auch ein schöner Satz. Und natürlich war Bergmann jedem unendlich dankbar, der ihn ins Leben zurückgeholt hatte. Auch wenn er nicht so genau wusste, was er damit nun anstellen sollte. Musste er doch kürzertreten? War sein Job zu anstrengend und nervenaufreibend? War er ausschließlich

genetisch vorbelastet und konnte selbst nichts daran ändern? Sollte er jetzt nochmal ganz von vorne anfangen, sollte er vielleicht auswandern, wie es momentan angeblich so viele taten? Oder sollte er zum Beispiel eine Pommesbude auf dem Marktplatz eröffnen? Oder einfach so weitermachen, und sich freuen, dass er noch am Leben war? »Nun freue dich doch mal und sei ein wenig dankbarer.« Das hätte wahrscheinlich seine Mutter gesagt und hätte sein Schicksal in ihre Gebete miteingeschlossen, wenn sie denn noch leben würde. Aber Bergmann war allein, seine Eltern waren beide schon seit einigen Jahren verstorben, und seine ältere Schwester Simone lebte mit ihrem Mann und den Kindern in Kanada. Sie hatten sich dort eine kleine Ferienanlage in der kanadischen Wildnis aufgebaut und schufteten tagein tagaus. Das wäre nun auch nicht nach Bergmanns Vorstellung.

[4] Heiner Gregor rief an und erkundigte sich nach seinem Befinden. Heiner war Bergmanns Schulkamerad und langjährigster und bester Freund. Sie hatten schon einiges gemeinsam durchgemacht, was eine echte Männerfreundschaft soeben durchmachen konnte. Dazu gehörten die üblichen Beziehungsgeschichten der beiden, aber auch Lust und Leid bei der Arbeit und zahlreiche Versuche, neue Hobbys zu starten, die dann nach einer ersten euphorischen Phase schnell wieder sein gelassen wurden.

Inzwischen wohnte Heiner wieder in derselben Stadt wie Bergmann, was die gemeinsame Freizeitgestaltung zum Glück wesentlich einfacher machte. Bergmann erzählte Heiner, dass es ihm ganz gut ginge. Was man eben so erzählt, wenn man es selbst nicht besser einschätzen konnte. Doch Bergmann hatte sich vorgenommen, erst während der Reha über sein Befinden nachzudenken, denn dafür war so eine Reha ja schließlich da, oder nicht? Und bis dahin konnte er sich noch etwas in Gleichgültigkeit und Selbstmitleid ergehen. Die Wochen in der Klinik würden bestimmt anstrengend genug werden, da müsste man doch nicht heute schon mit dem Reflektieren beginnen.

Nachdem Bergmann sein Telefonat mit Heiner beendet hatte, überlegte er, was er überhaupt für Dinge zur Reha mitnehmen sollte. Endlich einmal Bücher lesen, die man vorher nie lesen wollte: Da lag noch die deutsche Übersetzung einer finnischen Sozialstudie über ein Immigrantenpaar in Helsinki, die zurzeit im Feuilleton so gefeiert wurde, aber leider über 800 Seiten dick und sehr klein gedruckt war. Oder doch lieber einmal die Literaturklassiker wie Shakespeare oder Goethe mitnehmen? Die wollte er zeitlebens schon gelesen haben, aber bis jetzt verstaubten sie unangetastet im Bücherregal. Doch wenn Bergmann daran dachte, dass er all die schweren Bücher mitschleppen sollte, wurde ihm ganz schummerig vor Augen. Schließlich hatte er gerade einen Herzinfarkt überlebt, da musste er es ja nicht gleich übertreiben.

Er legte sich also nur seinen Kindle und zwei Rätselhefte bereit, die er sich für den letzten Sommerurlaub gekauft, aber nie gelöst hatte. Das war doch jetzt die passende Gelegenheit! Und ein bisschen Hirnarbeit konnte auch nicht schaden. Da wusste man gleich, ob das Gehirn nicht auch irgendwelche Schäden abbekommen hätte.

Danach suchte Bergmann seine Badesachen zusammen. Schließlich gab es in der Klinik ein Schwimmbad (laut Prospekt), und schwimmen konnte ja nie schaden, solange er sich nicht mit Wassergymnastik und Poolnudeln herumschlagen musste. Stattdessen stellte er sich einen großen Pool mit Sprungturm und Poolbar vor. Und so ein kühler Cocktail am Nachmittag, da konnte ja nun wirklich niemand etwas dagegen haben. So eine Reha könnte eventuell sogar richtig nett werden.

Das Telefon klingelte wieder und Bergmann wurde aus seinen Tagträumen gerissen.

»Hallo?«

»Hier ist deine Tante Ilse. Junge, was machst du nur für Sachen? Wie geht es dir denn jetzt?«

»Tante Ilse, woher weißt du denn Bescheid? Ich hatte noch keine Gelegenheit, mich bei dir zu melden.«

»Ach Junge, die Frau Koslowski, die ist auch bei deinem Hausarzt. Und neulich im Wartezimmer, da traf sie die Frau Möller, die kennst du doch, die wohnt gleich bei dir um die Ecke. Die hatte gehört, was dir passiert war. Und die hat mich angerufen, und nun rufe ich dich an. Ach Junge, was machst du nur für Sachen? Das musste ja irgendwann so weit kommen. Du arbeitest einfach zu viel. Und es passt ja auch niemand auf dich auf, da fehlt eindeutig eine Frau im Haus! Du musst mal was für dich tun. Du musst das als Warnung sehen.«

»Ja, Tante Ilse, du hast ja Recht.«

»Du musst was ändern! Du kannst so nicht weitermachen, Frau Möller sagt das auch.«

»Das ist doch schön, dass Frau Möller das auch sagte«, dachte Bergmann, als wenn die mich kennen würde! Wer ist überhaupt Frau Möller? Er hatte keine Ahnung, von wem hier eigentlich die

Rede war. Das Gespräch mit seiner Tante ging noch etwa eine Viertelstunde weiter. Doch außer, dass Bergmann etwas ändern müsste, kam nichts dabei heraus, und Bergmann hatte Mühe, das Gespräch zu beenden. Er war ziemlich erschöpft und wollte sich keine weiteren Gedanken über seine Zukunft machen. Lieber ein wenig auf dem Sofa liegen, ein Schläfchen halten und an nichts denken.

[5] Am Tag vor seiner Anreise wurde Bergmann hektisch. Die medizinischen Befunde, die Krankenhausabrechnungen, sein Medikamentenplan – alles musste mit in die Klinik. Doch wo hatte er die Papiere nur hingelegt? Bergmann war sich sicher, dass er sie gestern Abend noch gesehen hatte. Doch dann war plötzlich eine so große Müdigkeit über ihn hereingebrochen, dass er bereits um kurz nach 20 Uhr auf dem Sofa eingeschlafen war und erst am nächsten Morgen durch die Müllfahrzeuge in seiner Straße geweckt wurde. Wodurch war er denn immer so müde? Nur weil er vor fast zwei Wochen dem Tode knapp entkommen war? Sagte sein Arzt nicht was davon, dass seine Medikamente dabei helfen, den Blutdruck niedriger zu halten? »Was ist das denn für eine Alternative, wenn ich jetzt immer nur schlafe«, dachte Bergmann, dann habe ich auch nicht viel mehr von meinem neuen Leben.

Er machte sich weiter auf die Suche nach den Papieren für die Klinik, schließlich konnten sie ja nicht komplett verschwunden sein. Aber auf seinem Schreibtisch war gähnende Leere. Hatte er schon alles in den Koffer gelegt? Nein, auch dort war nichts zu finden. Nach einer weiteren Stunde des Suchens (er war sich nicht sicher, ob ihn diese Ungewissheit schon wieder in gefährliche Blutdruckwerte trieb) fand er letztlich doch alles wieder. Natürlich schon alles bereit gelegt in den Innenseiten des Klinikprospektes – da war auch sein Anmeldeschreiben und der ärztliche Befund.

Dann konnte es ja morgen losgehen. Bergmann überlegte noch, ob er den letzten Abend zu Hause gebührend feiern sollte? Doch mit wem, denn Heiner war auf Geschäftsreise, und sonst fiel ihm keiner ein, mit dem er wirklich den letzten Abend verbringen wollte. Tja, dann sich selbst ein Gläschen gönnen? Vielleicht auch nicht die beste Idee, wenn der eigene Körper gerade versucht, sich an neue Herzmedikamente zu gewöhnen. Und morgen mit einem Kater oder Schlimmerem in der Klinik ankommen, das wollte Bergmann auch nicht. Wer weiß, was das für Konsequenzen hätte? Eventuell bekäme man dann einen Rüffel oder sogar Behandlungsverbot?

Also wurde es ein ruhiger Abend. Bergmann packte seinen Koffer, der Brustkorb schmerzte, und nach einem Abendessen auf dem Sofa war er wieder so müde, dass er um 21 Uhr im Bett lag. »Das kann was werden«, dachte Bergmann noch kurz, bevor er in den Schlaf der Gerechten versank.

[6] Der große Tag war gekommen – endlich konnte seine Reha-Behandlung beginnen! Bergmann stand wieder früh auf; er musste jetzt immer früh aufstehen, denn die Medikamente kannten keine Gnade und forderten seine Blase zu früher Stunde heraus. Fast fühlte er sich an seine Mitpatienten im Krankenhaus erinnert, die jede Nacht ständig zum Klo gerannt waren.

Aber umso besser für heute – dann konnte er in Ruhe frühstücken und rechtzeitig losfahren. Die Klinik war zwar nicht sehr weit entfernt, in einer knappen Autostunde würde er vor Ort sein. »Bereit zum Check-In in ein neues Leben«, dachte Bergmann.

Die Fahrt verlief reibungslos, und er erreichte das Klinikgelände sogar vor der in seiner Anmeldung notierten Zeit. Er parkte seinen Wagen auf dem Gelände vor dem Haupteingang, holte seinen Koffer aus dem Kofferraum und dachte noch darüber nach, warum er nun doch so viel eingepackt hatte. Der Koffer war schwer und ging kaum über die Kofferraumkante, aber eventuell lag das auch nur an seinem angeschlagenen Zustand. »Nun wird alles besser«, dachte Bergmann und bewegte sich langsam in Richtung Haupteingang. Das Hauptgebäude bestand aus einem modernen vierstöckigen Gebäude, und der Eingang mit einer Sandskulptur und Strandhafer davor verschluckte ihn in einen unbekannten Klinikalltag.

Der Mitarbeiter, der ihn empfing, begrüßte ihn freundlich: »Herr Bergmann, wir haben schon auf Sie gewartet.« Kurz stieg Panik in Bergmann auf, war er zu spät oder gar am falschen Tag angereist? Doch sogleich bemerkte er das entspannte Lächeln des Klinikmitarbeiters, soweit man das durch die Maske erkennen konnte, aber zwei Jahre Corona-Erfahrung hatte aus jedem einen Mimikexperten gemacht.

Bergmann konnte direkt seinen schweren Koffer abgeben, musste einen Corona-Schnelltest erledigen und durfte nach erfolgreicher Testung zur Rezeption und ins Sekretariat. Überall gab es viele Informationen, viel Papier, aber auch nettes Personal, das ihn herzlichst empfing. Bergmann wirkte ein wenig beruhigt. »So schlimm kann es wohl nicht werden«, ermahnte er sich.

Bei der Hausführung wurde er von einem Mitarbeiter begleitet, der ihn zu Beginn fragte, ob er denn allein mobil wäre oder Hilfe bräuchte. »Nett gemeint, aber sehe ich so fertig aus«, dachte Bergmann, bevor die Besichtigung begann. Etwas später auf dem Rundgang, den er tatsächlich ohne fremde Hilfe bewältigen konnte, wurde er noch gefragt, ob er sich denn mit Laptop und den modernen Medien auskennen würde. Nun ja, als IT-Berater hätte er sicher etwas Entsprechendes antworten können, aber er nuschelte nur, dass das kein Problem sei. Danach ging es weiter mit dem Rundgang durch ein labyrinthartiges riesiges Gebäude, um dann zwischendurch zur kurzen Inspektion in seinem Zimmer Halt zu machen. Auch hier war alles zu Bergmanns Zufriedenheit; es wartete ein recht großes und gemütliches Zimmer mit Leseecke und großem Badezimmer auf ihn. Und ein Balkon mit Ausblick auf Natur und Fischteiche, die wohl zu einer Hotelanlage in der Nachbarschaft gehörten, rundete das Angebot ab. Dass es einige Nacht- und Morgenstunden geben würde, an denen die dort lebenden Graugänse durch ihr einzigartiges Geschnatter ein störungsfreies Durchschlafen verhindern würden, ahnte Bergmann zu dieser Zeit natürlich noch nicht.

Nach diesem ersten Rundgang ging es weiter zur Stationsschwester; noch mehr Papiere, einige Untersuchungen, erste Termine für den Nachmittag und der Hinweis, dass man am morgigen Tag bitte um 7 Uhr zum Blutabnehmen kommen möchte. Nüchtern! So hatte Bergmann sich den Alltag hier schon eher vorgestellt.

Dann gab es eine kurze Mittagszeit – schnell das Restaurant testen. Bergmann hatte allerdings nicht die Ruhe, um sich das Restaurant näher anzuschauen, dafür faszinierte ihn das Gespräch am Nebentisch zu sehr. Zwei Männer in den Vierzigern, die sich in einem offensichtlich brandenburgischen Dialekt unterhielten (Bergmann kannte den Dialekt genau, hatte er doch für einige Zeit vor Ort für einen Reiseveranstalter gearbeitet). Zuerst unterhielten sie sich über verschiedene Baustellen und Baumaschinen, bis der eine sagte: »Ich war gerade dabei, ein C-Rohr zu verlegen, da ist mir doch tatsächlich die Sehne im Arm gerissen. Aber ich habe das gar nicht weiter beachtet und habe direkt weitergearbeitet.«

»Ja, ja, das kenne ich«, sagte der andere trocken und nahm einen kräftigen Bissen von seinem Schweinekotelett (Tagesgericht – hatte Bergmann auch bekommen, obwohl er die vegetarische Variante für seinen Aufenthalt vorbestellt hatte, aber seine Menüwünsche konnten erst für zwei Tage später berücksichtigt werden; bis dahin gab es das Tagesgericht – also Fleisch). »Ganz schön hart im Nehmen die Jungs«, dachte Bergmann und lächelte, ob die Behandlungen da wohl extra auf so toughe Kerle angepasst werden?

Am Nachmittag stand das erste Arztgespräch an. Bergmanns Diagnose wurde nochmals erläutert, sein Zustand durch eine weitere Untersuchung abgeklärt, und ein äußerst sympathischer Stationsarzt erklärte Bergmann seine Reha ein wenig genauer und besprach mit ihm seinen Therapieplan. »Ich glaube, Sie können gleich in die Gruppe der Sportlichen. Aber schwimmen dürfen Sie nicht während der nächsten drei Monate, da wird ihr Brustkorb zu sehr zusammengedrückt.« Was für ein Pech! Da hatte Bergmann seine Badesachen ganz umsonst mitgenommen, und gerade auf das Schwimmen hatte er sich besonders gefreut.

Er hatte ein eigenes Postfach am Ende eines Stationsflures, das er ab jetzt 2-3-mal täglich kontrollieren musste, um zu sehen, was für den laufenden und kommenden Tag an Behandlungen für ihn geplant war. Zudem musste er mindestens zweimal am Tag eigenständig seinen Blutdruck messen und in seinen Therapieplan eintragen. Immerhin durfte man als Patient so selbständig sein und diese Aufgabe ohne Krankenschwester erledigen. Überall auf den Gängen gab es dafür Sitzecken mit Blutdruckgeräten. »Eigentlich eine schlaue Idee«, dachte Bergmann.

Nach seinem Arztgespräch hatte er ein wenig Leerlauf. Endlich Zeit, um seine Sachen auszupacken und ein wenig anzukommen. Der Ausblick aus seinem Zimmer gefiel ihm besonders gut – viel Natur und die nett angelegten Fischteiche ließen seinen Blick vom Balkon in die nähere Umgebung schweifen, und er kam sofort zur Ruhe. »Nur schade, dass man keinen direkten Blick auf die Ostsee hatte, das wäre die Krönung gewesen«, dachte Bergmann, und er räumte die letzten Dinge aus seinem Koffer aus. In einer Stunde ging es weiter zum Abendessen.

[7] Bevor sich Bergmann zum Abendessen begab, machte er sich auf den Weg zu seinem Postfach, um den Therapieplan für morgen einzusammeln. Richtig spannend, was da wohl auf ihn zukäme? Bergmann musste sich erst wieder orientieren in den langen Gängen. Sein Zimmer lag im 2. Stock, das Postfach war aber im Erdgeschoss, doch nicht in seinem Gebäude, sondern noch ein Gebäude weiter Richtung Osten. Das Restaurant lag dann am entgegengesetzten Ende der Klinik. »Sehr gut«, dachte Bergmann, »so hatte ich heute gleich ein paar Schritteinheiten mehr und bin morgen schon etwas gestärkter für das Therapieprogramm«. Froh gestimmt machte er sich auf den Weg zu seiner Post.

Es lag nur ein unscheinbarer Zettel im Postfach – Bergmann kramte ihn heraus und war gespannt. Sein Tag fing tatsächlich um sieben Uhr morgens an und endete erst nach 17 Uhr – insgesamt neun Termine, das waren dann doch mehr als er erwartet hatte. Doch besser so, als wenn er ins Grübeln kommen würde wegen aufkommender Langeweile. Dann hätte er sich tatsächlich Gedanken zu seiner Zukunft und darum machen müssen, was er ändern sollte. Nun aber hatte er morgen genug zu tun, ohne groß nachzudenken.

Er machte sich weiter auf den Weg ins Restaurant zum Abendessen, das allerdings recht unspektakulär und übersichtlich ausfiel. Ein kleines Büfett mit Wurst, Käse, ein wenig Beilagen und viel Tee und Wasser stand in der Mitte des Speisesaals. Das erinnerte Bergmann doch wieder sehr an sein Krankenhausessen, nur mit dem Unterschied, dass er hier am Tisch saß und nicht im Bett lag. Er machte sich jedoch keine weiteren Gedanken über das Essen, erledigte seine Nahrungsaufnahme in kürzester Zeit und verschwand dann wieder in seinem Zimmer. Er könnte noch ein paar Jobangebote bearbeiten und Newsletter lesen, obwohl er natürlich krankgeschrieben war. Doch als Selbständiger musste er auch an seine berufliche Zukunft denken, und im IT-Bereich war man schnell weg vom Fenster, wenn man sich nicht mit den neuesten Entwicklungen auseinandersetzte. Einmal den neuesten Sicherheitstrend verpasst, dadurch einen großen Kunden verloren, und schon war es schwierig, noch Anschluss zu halten und sich ein gesichertes Einkommen zu garantieren. Doch heute Abend ließ Bergmann die Arbeit mal Arbeit sein. »Was soll's«, dachte er, in den nächsten Wochen kümmere ich mich um mich, das wird schon Aufgabe genug.

[8] Der neue Tag begann früh – Bergmann schreckte aus dem Schlaf, als sein Wecker klingelte. Es war erst 06:26 Uhr, aber nachdem er die halbe Nacht wachgelegen hatte, war er am frühen Morgen doch noch in einen tiefen kurzen Schlaf gesunken, um nun zu früh aus ihm geweckt zu werden. »Egal«, dachte er, heute gab es einen vollen Terminkalender, fast wie bei seiner echten Arbeit. Mit diesem Gedanken stürzte sich Bergmann in seinen Reha-Tag und kam erst beim Abendessen wieder zu einem klaren Gedanken.

Der Tag verging für ihn wie im Flug – über den gesamten Tag verteilt gab es Termine, Sportprogramme, Untersuchungen, eine Massage und Vorträge. Bergmann kam nicht zum Nachdenken, weil einfach keine Zeit dafür vorhanden war. Es ging von einer Etage der Klinik in die nächste und zurück, so dass es fast schwierig wurde, auch noch den Essenplan zeitlich optimal zu koordinieren.

Bei einer Präsentation des Chefarztes der Kardiologie, der einen launigen Vortrag über Bluthochdruck hielt (man sollte nicht meinen, dass die beiden Wörter launig und Bluthochdruck jemals in einem Satz geschrieben werden könnten), wurde Bergmann dann doch nachdenklich über die Tatsache seines Zustandes und der lebenslange Medikamentengabe und deren möglichen Folgen. Er musste seinen Stress drastisch reduzieren, um seine Blutdruckwerte zu senken und um noch ein langes, beschwerdefreies Leben führen zu können. Hierzu gehörte auch, seine sportlichen Aktivitäten im Ausdauerbereich deutlich auszubauen, obwohl er dachte, er wäre darin bereits vorbildlich – allerdings ging es immer noch besser!

Bergmann war erschöpft vom ersten Tag; er leerte sein Postfach, holte seinen Therapieplan für den nächsten Tag ab und stellte erfreut fest, dass das Programm des kommenden Tages für ihn bereits um 15 Uhr endete. Da sollte sich doch eine Kaffeestunde im klinikeigenen Café einbauen lassen, um Seele und Körper zu erfreuen. Zudem hatte er bereits viele positive Äußerungen anderer Patienten zur Qualität der Kuchen und Torten gehört. Ein wichtiger Hinweis für ihn als ausgewiesenen Kuchenliebhaber!

Der Abend endete schnell und sehr früh für Bergmann – er sank sofort in einen traumlosen Schlaf.

[9] Am nächsten Nachmittag bestand tatsächlich die Gelegenheit, sich nach seinen Tagesaktivitäten in *Ingrids Kaffeestübchen* zu setzen und den heiß ersehnten Kuchen zu probieren. Da backt Ingrid wohl noch selbst, grinste Bergmann vor lauter Vorfreude und Heißhunger. Darauf hatte er bereits sehnsüchtig gewartet. Das Café lag ganz am Ende des Klinikkomplexes, also war es ein richtiger kleiner Spaziergang dorthin, jedenfalls für seine momentane physische Verfassung. Das Café bestand aus einer Mischung aus Schwarzwaldhütten-Charme mit dunkler Täfelung überall und Kantinencharakter durch Rollcontainer für das benutzte Geschirr. Auf nahezu jeder Fensterscheibe klebten Vogelfiguren, und davon gab es wahrlich viele und recht hässliche. Die Lichtgestaltung hingegen ähnelte eher der Flutlichtbeleuchtung eines Abendspieles beim HSV als der eines gemütlichen Cafés. Aber Bergmann ließ sich von seinem Vorhaben nicht abbringen und bestellte Kaffee und ein großes Stück Pflaumenkuchen (ohne Sahne), der wunderbar frisch und lecker schmeckte. So konnte also eine Reha auch sein, dachte er vergnügt. Ein Grund mehr, sich auf die freien Nachmittage zu freuen. Ein Hoch auf Ingrid!

Der Raum erwies sich allerdings als so hellhörig, dass man von allen Nebentischen jedes Wort gut verstehen konnte, auch wenn man eigentlich nicht zuhören wollte. »Für einen Schriftsteller auf Themensuche sicher ein Traum«, dachte Bergmann, doch für ihn, der einfach nur seinen Kaffee und Kuchen genießen und ungestört auf seinem Kindle lesen wollte, stellte diese Geräuschkulisse einen wahren Alptraum dar. Von links und rechts drangen Gespräche und Inhalte zu ihm herüber, von denen er eigentlich nichts wissen wollte. Es ging um Krankheiten, körperliche Beschwerden und die verschiedenen Behandlungsansätze; nicht immer Themen, über die Bergmann wirklich ausführlich informiert werden wollte.

Die Bedienung hinter dem Bestelltresen (War das vielleicht Ingrid?) war zumindest mit großer Freude und Engagement bei der Sache und hatte für alle Gäste ein freundliches Wort und einen netten Spruch. »Watt? Ich höre heute wieder schlecht, ich habe meine Maske auf.« Und dann war da dieser etwas grobschlächtige, großgewachsene, aber mit einem riesigen Bierbauch ausgestattete Mann mit Vollglatze. Er trug einen ballonseidenen Trainingsanzug, der ihn allerdings wegen seiner üppigen Leibesfülle stark einzwängte und beim Gehen und mit jeder Bewegung ein raschelndes Geräusch von sich gab. Nachdem die Bedienung seine Bestellung (3× Kuchen und eine Cola) auf ein Tablett gestellt hatte, fragte sie ihn freundlich: »Sonst noch 'nen Wunsch?« Und mit einem schmierigen Grinsen antwortete er: »Keinen, den Sie mir jetzt erfüllen könnten, schöne Frau ...«, zwinkerte ihr ungeniert zu und entfernte sich raschelnd. Bergmann bewunderte die Dame, die sich nicht aus der Ruhe bringen ließ. Und selbst nach diesem Spruch erledigte sie weiter freundlich und spaßend ihren

Job, während der Mann mit Trainingsanzug sich an einen der Tische bewegte. »Was für eine Type«, dachte Bergmann, »hoffentlich begegne ich dem nicht öfter«.

[10] Die erste Woche neigte sich so langsam ihrem Ende zu – zumindest was die Behandlungen und Therapien anging. Das Wochenende stand selbstverständlich noch vor der Tür, was in einer Rehaklinik zumeist bedeutete, dass die Patienten keine Termine vorgegeben bekamen und sich somit ein richtiges freies Wochenende gestalten konnten, wenn dies zu Corona-Zeiten und mit Besuchsverbot auch nur ein sehr eingeschränktes Vergnügen bereiten sollte. Bergmann jedenfalls nahm sich vor, dass er sich diese beiden Tage damit beschäftigen würde, wie nun sein neues Leben nach der Reha aussehen sollte. Und er würde zusätzlich und freiwillig an die Sportgeräte und Gewichte gehen und ein wenig extra für seine Gesundheit trainieren. So jedenfalls sein Plan.

Am Freitag standen noch etliche Termine an, Bergmann war jedoch nicht mehr so ganz bei der Sache und wirkte unkonzentriert. Die ersten Reha-Tage hatten doch viel Energie gekostet, und er merkte, dass sein Akku zum Freitag deutlich auf Reserve lief. Daher freute er sich, am Samstag mal nicht zu nachtschlafender Zeit aufstehen zu müssen. Und vielleicht wollte er sogar das Frühstück zu Gunsten eines langen Ausschlafens opfern und einfach liegen bleiben, obwohl man Essenstermine, an denen man nicht teilnahm, offiziell vorher abbestellen musste. Doch das hätte er dann einfach vergessen, oder er würde hinterher Bescheid geben. Konnte ja wohl nicht viel passieren deswegen ...

[11] Bergmann drehte sich von einer Seite zur anderen, er öffnete langsam ein Auge – es war stockdunkel in seinem Zimmer. Das bedeutete, es musste noch mindestens vor 06:30 Uhr sein. Und dabei wollte er heute doch ausschlafen, Samstag bedeutete keine Termine oder Behandlungen. Er war frei wie ein Vogel, aber auch wach wie eine Amsel am Frühlingsmorgen. »Und wenn ich schon wach bin«, dachte er, »dann stehe ich eben auf und nutze den Tag«, denn man konnte bereits ab sieben Uhr zum Frühstück gehen. Dann wäre er wenigstens als einer der Ersten beim Frühstück und musste sich keinen Tisch mit jemanden teilen, was sonst doch immer wieder passierte, auch wenn an einem Vierertisch wegen der Corona-Beschränkungen momentan nur maximal zwei Personen sitzen durften. Bergmann stand also tatsächlich auf, machte sich in Ruhe fertig und begab sich entspannt Richtung Restaurant.

Als er bei der Rezeption um die Ecke schwang, schlug er fast mit einem älteren Herrn zusammen.

»Was ist denn hier los?«, stammelte Bergmann.

»Na was wohl? Frühstück um sieben«, sagte der Herr vor ihm. Und tatsächlich gab es bereits eine Schlange vor dem Restaurant von ca. 30 m Länge. »Was sollte das denn«, dachte Bergmann wütend, und fürchtete, dass sich sein Herz in gefährliche Blutdruckwerte begeben könnte. Da stand er nun, der arme Trottel, und die Warteschlange bewegte sich kaum vorwärts, da alle vom Restauranteingang aus nach einem Platz suchten und dies entsprechend Zeit und Raum in Anspruch nahm. Als Bergmann sich endlich ins Restaurant vorgekämpft hatte, sah er auf den ersten Blick, dass bereits alle Tische belegt waren. Also kein ruhiger Tisch am frühen Morgen, sondern wahrscheinlich Gesellschaft. Dann mal los, nun ist es eh nicht mehr zu ändern, überlegte er, und steuerte einen Tisch an, an dem bereits ein gefüllter Teller stand, aber der Besitzer oder die Besitzerin sich momentan wahrscheinlich am Büfett befand. Bergmann setzte sich und trank zu Beginn einen Kaffee. Aus den Augenwinkeln erkannte er den glatzköpfigen Bierbauch, der sich raschelnd in seinem Ballonseidenanzug seinem Tisch näherte. »Isch bin der Dennis aus Herne. Datt is' ja schön, datt isch Gesellschaft habe!« Bergmann verschluckte fast seinen Kaffee und machte sich auf das Schlimmste gefasst. Und genauso traf es für ihn ein. Nach einer halben Stunde Dauermonolog des Rheinländers kannte Bergmann nahezu alle schlüpfrigen Witze und Begebenheiten aus NRW. Ihn rettete nur die Zeitregel – da durch Corona zeitgleich weniger Plätze besetzt werden durften, mussten alle Gäste nach 30 Minuten das Restaurant wieder verlassen, um den nächsten Gästen die Tische zu überlassen. Für Bergmann hieß das, er hatte zwar fast eine Kanne Kaffee getrunken, sein Spaßvogel am Tisch ließ ihm aber keine Chance sich etwas zu essen zu holen, was den Rheinländer jedoch nicht daran hinderte, während seines Spaßmonologes gleichzeitig sein gesamtes Frühstück zu verspeisen. »Hast ja noch gar nichts gegessen. Ist echt zu früh, was? Kenn ich!« Bergmann verließ hungrig und genervt das Frühstück, das für ihn quasi nicht stattgefunden hatte, außer zu viel Kaffee auf nüchternen Magen. Toller Wochenendstart, früher Morgen und Hunger, aber dafür den ganzen Tag frei, sinnierte Bergmann. Was sollte er denn nun mit dem Tag anfangen? Da fiel ihm ein, dass er heute eine Extra-Sporteinheit erledigen wollte. »Dann aber jetzt gleich! Später kann ich mich sicher nicht mehr aufraffen«, sagte er sich aufmunternd. »Was erledigt ist, ist erledigt.« Auch so eine Lebensweisheit, die immer passt, oder auch nicht.

Bergmann ging in sein Zimmer zurück, zog seine Sportsachen an und begab sich direkt zur Gerätehalle. Da es immer noch sehr früh war, war außer vor dem Restaurant absolut nichts los in den Gängen. »Na, dann mache ich eben allein Sport«, sagte er sich und rammte gegen die Glastür des Sportstudios. Verschlossen! Aber er war doch zur richtigen Zeit hier, heute sollte bis 12 Uhr geöffnet sein. Bergmann drückte seine Nase an der Scheibe platt, doch der Raum blieb dunkel und verweist. Er war irritiert, dann leicht ärgerlich, und er war immer noch hungrig. Nach mehrmaligem Umschauen bemerkte er einen kleinen Zettel an der Tür. »Heute muss das Sportstudio leider geschlossen bleiben. Unsere Trainerin ist kurzfristig erkrankt.« So ein Mist! Jetzt konnte er noch nicht einmal Sport machen, was sollte das denn? Was war denn in diesen Tag gefahren? Bergmann ging zurück zu seinem Zimmer; auf den Balkon konnte er auch nicht: noch viel zu kalt, die Sonne käme frühestens ab Mittag auf seine Seite. Das war doch zum Wahnsinnigwerden, murrte Bergmann vor sich hin.

[12] Als Bergmann wieder zu sich kam, war es bereits früher Nachmittag. Vor lauter Frust hatte er sich nach seiner verpatzten Sporteinheit ins Bett gelegt und war zu seinem großen Erstaunen tatsächlich eingeschlafen. Nun knurrte sein Magen umso lauter, denn er hatte natürlich immer noch nichts zu essen bekommen. Also auf zum Mittag! Schnell einen Blick auf die Öffnungszeiten geworfen, musste er feststellen, dass er zu lange geschlafen hatte. Das Restaurant war bereits seit einer halben Stunde geschlossen. Das war doch wirklich zum Verrücktwerden heute! Da blieb nur der Supermarkt

im Ort, den Bergmann eh ausprobieren wollte, ob es dort etwas Leckeres als Zwischensnack für die Wochenenden zu erwerben gäbe. Und zudem sollte es auch einen Bäcker geben – also sollte der Nahrungsaufnahme nichts im Wege stehen. Müsste er diese kleinen Sünden eigentlich mit seinem Arzt besprechen? Aber auf seinem Speiseplan stand ja Vollkost, also dann auch richtig volle Kost.

Bergmann machte sich auf den Weg, zum Glück bei herrlichstem Sonnenschein, aber kaltem Gegenwind aus Richtung Ostsee. Nach einer guten halben Stunde erreichte er ziemlich aus der Puste und abgekämpft den Supermarkt und wunderte sich, dass der Parkplatz vollkommen leer war. Er ging zum Eingang des Supermarktes, alles dunkel und verschlossen. »Das hatte ich heute schon einmal!«, meckerte Bergmann und versuchte, die Öffnungszeiten herauszufinden. Der kleine Aufkleber an der Supermarkttür war halb abgerissen und ziemlich vergilbt und kaum noch zu entziffern. Er konnte aber gerade so erkennen, dass der Markt bereits seit Mittag geschlossen war (Nebensaison). »Na super!« war seine Reaktion. »Wenn ich nicht gleich etwas zu essen bekomme, dann verhungere ich nicht nur, sondern erleide vorher auch noch einen zweiten Herzinfarkt vor lauter Aufregung«, dachte er. Er schleppte sich wieder zurück zur Klinik, denn es gab ja zum Glück das Klinik-Café, das auch am Wochenende bis abends geöffnet haben sollte. Dann eben Kuchen, Hauptsache es gab überhaupt mal etwas zu essen!

Das Café war gut gefüllt an diesem Nachmittag, denn alle Patienten hatten frei und sehnten sich anscheinend nach Kaffee, Kuchen und Geselligkeit. Er schaute mit Erschrecken in die Kühlauslage, in der nur noch ein Tablett mit drei Stück Kuchen stand – und vor ihm standen zwei weitere Gäste und warteten auf ihre

Bestellung. »Kommt ja hin. Zwei Stück für die beiden vor mir und wenigstens eins noch für mich«, murmelte Bergmann.

»So, die Damen, sie hatten zwei Stück Erdbeerkuchen, und dann noch das letzte Stück Käsekuchen«, säuselte die Bedienung (Frau Möller laut Namensschild) und verteilte die Kuchen auf zwei Teller. Bergmann war kurz vor der Ohnmacht. Was sollte er denn jetzt essen? Ihm wurde schon ganz schwummrig und schwarz vor Augen.

»Oh, Herr Bergmann, sind Sie heute auch wieder hier? Sie sind mir aber auch so ein Schleckermäulchen«, grinste ihn Frau Möller hinter der Theke an. »Anscheinend bin ich zu oft hier«, dachte er kurz.

»Ich brauche dringend was zu essen«, stotterte Bergmann. »Dringend! Ich hatte heute noch überhaupt nichts. Aber Sie sind ja schon total ausverkauft.«

»Ach, Herr Bergmann, für Sie organisiere ich doch gerne noch was. Geben Sie mir ein Minütchen«, zwinkerte die freundliche Bedienung und verschwand in der Küche. Wenig später kam sie mit zwei frischen Käsebrötchen und einem noch nicht angeschnittenen Pflaumenkuchen, noch dampfend aus dem Ofen und herrlich duftend.

»Ich nehme alles. Also ich meine, die beiden Brötchen und auch zwei Stück Kuchen, bitte.«

»Na, Sie sind mir ja einer, Herr Bergmann«, zwinkerte die Bedienung ihm nochmals zu.

Der Tag war zu guter Letzt doch noch gerettet. Bergmann ließ sich Brötchen und Kuchen schmecken, und der Samstag in der Klinik war wieder sein Freund.

[13] Nach dem Frühstücksfiasko von gestern sollte es am Sonntag besser für ihn laufen, das hatte Bergmann sich jedenfalls fest vorgenommen. Nach der frühen Variante sollte es nun mit der Spätversion funktionieren: er hatte herrlich ausschlafen können, das erste Mal in der Reha und ganz ohne Gänsekonzert vom Fischteich. Und so spazierte er gut gelaunt Richtung Frühstücksraum. Es war Sonntag, und natürlich war es leer auf den Gängen. Viele schliefen bestimmt immer noch, oder machten bereits einen Spaziergang – es war wieder ein sonniger, aber kalter Vormittag. Nun, dann hätte er das Restaurant heute mal für sich allein, grinste Bergmann vor sich hin. Nur komisch, dass überhaupt keiner mehr auf dem Weg zum Restaurant zu sein schien. Ihn überkam wieder ein mulmiges Gefühl, und schon sah er die Öffnungszeiten am Eingang – Sonntag »07:00–09:00«, und nun war es fast halb zehn. Wie kam er nur darauf, dass sonntags eine Stunde länger geöffnet wäre? Hatte er wohl mit einem Hotel verwechselt, da war doch am Wochenende oft eine Stunde länger geöffnet. Dieses Mal wollte sich Bergmann nicht aus der Ruhe bringen lassen, schließlich wollte er ruhiger werden und alles mehr genießen. Also nochmal auf zum Supermarkt im Ort, der sollte laut Schild von gestern auch am Sonntag bis 12 Uhr geöffnet sein. Dann gäbe es eben dort belegte Brötchen oder eingeschweißte Sandwiches oder Obst oder was auch immer. Nach einem frischen Spaziergang am Morgen erreichte er tatsächlich rechtzeitig den Laden, und tatsächlich, es war noch geöffnet! Das Licht brannte, beim Bäcker war eine lange Schlange, aber das hielt ihn nicht davon ab, sich ebenfalls anzustellen. Als er endlich an die Reihe kam, waren die belegten Brötchen natürlich schon alle ausverkauft »Nee, junger Mann, da müssen Sie schon früher uffstehen«, berlinerte

die junge Bäckereifachverkäuferin. Also nahm Bergmann nur ein paar trockene Brötchen und ging in den Supermarkt weiter, um sich ein paar frische Sachen und Käsescheiben dazu auszusuchen.

Leider erwies sich das Geschäft in Hinblick auf Frische und Regionalität als wahrer Dinosaurier. Das Frischeste war eine Dose Corned Beef aus Polen, eine Tüte Chips *from USA* oder die serbische Bohnensuppe in der Dose. Obst oder frisches Gemüse hatte dieser Laden anscheinend nicht im Angebot, wenn man von zwei vergammelten Bananen und einer verschrumpelten Gurke im Regal absah, und auch die Käsetheke war restlos leergeräumt. Somit verließ er den Supermarkt reichlich desillusioniert und mit drei trockenen Brötchen. »Da gehe ich lieber gleich wieder zurück in Richtung Klinik und stelle mich jetzt schon für das Mittagessen an während ich meine Trockenbrötchen vertilge«, dachte er und begab sich erneut hungrig auf den Rückweg.

Der Rest des Tages war nicht weiter erzählenswert; ein Spaziergang am Nachmittag und eine ausgiebige Lesestunde danach waren die einzigen Highlights dieses Sonntages. Bergmann war wieder früh im Bett. Auf in die zweite Woche!

[14] Am Montag stand die nächste Arztvisite an: Die Blutwerte vom Freitag sollten besprochen werden und sein gegenwärtiger körperlicher und psychischer Zustand. Bergmann hatte ein schlechtes Gewissen, denn weder die zusätzlichen Sporteinheiten hatte er einhalten können, noch hatte er sich in den letzten zwei Tagen besonders gesund ernährt, geschweige denn überhaupt regelmäßig etwas zu essen bekommen. Das Mittagessen gestern hatte er dann

zumindest als einer der Ersten eingenommen. Es war ihm schon ein wenig peinlich gewesen, dass er bereits fast eine halbe Stunde vor Öffnung am Restaurant-Eingang stand. Das war ja fast wie in einem Neckermann-Pauschalurlaub, wo sich die deutschen Rentner auch lange vor Essensbeginn in die Warteschlangen einreihten. Egal, dafür hatte er wenigstens sehr früh sein Essen bekommen, wenn das kein Erfolg war! Das sollte ihm dann in der restlichen Reha-Zeit allerdings nicht wieder passieren, meist ging er kurz vor Ende der Mittagszeit, um in Ruhe sein Essen zu sich zu nehmen.

Am gestrigen Nachmittag hatte er sich statt mit Sport lieber mit Kuchen (wieder zwei Stück, aber ganz kleine) beschäftigt, um danach nahtlos zum Abendessen überzugehen. Und auch dort hatte er ein wenig über die Stränge geschlagen – mehrere Scheiben Brot mit extra dicken Scheiben Käse, »aber das dürfte der Arzt heute eigentlich noch nicht bemerken«, dachte Bergmann, denn seine Blutprobe war vom Freitag. Und tatsächlich hatte der Arzt nichts zu beanstanden. »Ihr Gesamtzustand ist wirklich schon ganz ordentlich. Die Blutwerte werden durch die Medikamente, die Sie einnehmen, deutlich besser. Damit können wir weiterarbeiten. Und ihr Blutdruck sinkt auch langsam; nur am Sonnabend, da war er etwas hoch. War da was Außergewöhnliches? Also, Herr Bergmann, bleiben Sie dran, nehmen Sie Ihre Termine alle wahr, und dann sehen wir uns Ende der Woche. Und nachher haben Sie ihr Gespräch mit unserer Psychologin. Haben Sie schon darüber nachgedacht?«

Glück gehabt, das Wochenende war nicht weiter negativ in die Messwerte eingegangen. Aber natürlich stand heute das Gespräch mit der Psychologin an, das hatte Bergmann nicht vergessen. Denn er wusste überhaupt noch nicht, was er dort erzählen sollte.

Wie ging es ihm denn zurzeit? Was wollte er nun wirklich ändern? Wie hatte der Herzinfarkt ihn nachhaltig beeinflusst? Hatte der Infarkt ihn überhaupt beeinflusst? Da der Vormittag mit Behandlungen voll gebucht war, mussten wohl die fünf Minuten Wartezeit vor dem Termin als gedankliche Vorbereitung ausreichen.

[15] Nach dem Mittagessen stand der Termin kurz bevor – Bergmann war immer noch aufgeregt und nervös. Was sollte er bloß erzählen? Wie ging es ihm? Hoffentlich fiel ihm etwas ein – der Termin sollte immerhin eine Stunde dauern. Eine ziemlich lange Zeit, vor allem wenn man womöglich nichts zu erzählen hatte. Danach stand auch noch ein Vortrag zu »seiner« Erkrankung KHK an. Also ein richtig intensiver Nachmittag oder positiv ausgedrückt, eine Menge Hilfe und Informationen für einen chronisch Kranken.

Bergmann befand sich im Wartebereich vor dem Zimmer der Psychologin. »Gleich geht es los«, dachte er. Wer weiß, wer mich da überhaupt empfangen würde? Er wusste nur, dass die Psychologin Frau Mittermaier hieß, also Frau hieß sie wahrscheinlich nicht mit Vornamen. Konnte alles sein: jung oder alt, herrisch und kurz angebunden (Gab es solche unter den Psychologinnen?) oder nett und ungezwungen. »Ach, ich lasse mich einfach überraschen«, murmelte er noch kurz vor sich her, als direkt vor ihm die Tür aufging und eine sympathisch aussehende Frau Mitte 30 mit langen schwarzen Haaren auf den Flur trat. Frau Mittermaier bat ihn in ihr Besprechungszimmer; keine Couch, wie Bergmann sich vorgestellt hatte, sondern eine gemütliche Sitzecke mit zwei freischwingenden Stühlen. »So, Herr Bergmann, herzlich willkommen bei mir! Setzen Sie sich doch. Wie ist es Ihnen denn hier in der ersten Woche ergangen?« Bergmann verlor sofort seine Nervosität, erzählte von seiner Woche, seinen Behandlungen, und wie gut es ihm hier doch insgesamt gefiel. Die Psychologin schien sichtlich erfreut zu sein von seinen Schilderungen. Danach bat sie ihn, seine Erlebnisse rund um den Infarkt zu schildern. Da gab es nichts zu überlegen, da war Bergmann live dabei gewesen, und er kam ins Erzählen und Schildern des dramatischen Nachmittages, der Zeit auf der Intensivstation, der anstrengenden Zeit im 4-Bett-Zimmer und seines Zustandes, als er die Tage zwischendurch zu Hause verbringen durfte. Er erzählte auch davon, dass er überlegen würde, was die Ursache des Vorfalles gewesen sein könnte, ob es eine genetische Vererbung sei oder ob doch der berufliche Stress der Auslöser sein könnte. Einen Lebenswandel mit zu wenig Bewegung und falscher Ernährung schloss er aus, zumal auch sein Arzt am Morgen bestätigt hatte, dass er in diesem Bereich wenig Verbesserungspotential hätte und hier nicht die Ursache läge.

Die Psychologin hörte aufmerksam zu, stellte immer wieder kluge und interessierte Zwischenfragen, so dass es Bergmann nicht wie ein Patienten-Arzt-Gespräch vorkam, sondern eher wie ein munteres Gespräch unter Bekannten. Er erzählte davon, dass er einige private und berufliche Dinge ändern wollte. Nur könne er noch nicht genau sagen, was konkret das sein würde oder was am meisten Sinn machen würde. Frau Mittermaier bemerkte, dass er auf jeden Fall schauen sollte, eher die Dinge zu machen, die ihm wirklich wichtig und nützlich erschienen. Es ginge nicht darum, auf Krampf sein ganzes Leben zu verändern, weil das andere von ihm erwarten würden. Sondern es ginge darum, was für ihn wichtig wäre und was ihn positiv beeinflussen würde.

Dann befragte sie ihn noch zu seinen weiteren Plänen vor Ort in der Klinik und worauf er sich konzentrieren wollte. Bergmann erzählte, dass er überlege mit Qigong zu beginnen oder das Programm zur Muskelentspannung auszuprobieren. Hierin unterstützte Frau Mittermaier ihn ausdrücklich und bemerkte zum Ende des Gespräches, dass sie das Gefühl hätte, er befände sich auf einem guten Weg. Und ganz zum Schluss gab sie ihm noch einen Tipp mit auf den Weg: »Und denken Sie immer daran, dass nur Sie der Fachmann für Ihr Leben, für Ihr Erlebtes sind. Nur Sie können WIRKLICH beurteilen oder einschätzen, was für Sie Sinn macht oder was es zu ändern gilt. Nur Sie können Ihr Ziel vorgeben!«

Bergmann war nicht klar gewesen, dass die Therapiestunde bereits vorbei war. Er hatte nicht bemerkt, wie schnell die Zeit verging und wie gut ihm das Gespräch getan hatte. Das war doch mal eine echt erfolgreiche Therapie, freute er sich, ein angenehmes Gespräch, und schon fühlte er sich deutlich besser.

Der Nachmittag wurde durch den Fachvortrag des Oberarztes der Kardiologie abgerundet, der ausführlich und gleichzeitig sehr informativ und locker über Entstehung, Behandlung und Folgen der Koronaren Herzkrankheit berichtete. Es waren zwar auch wieder Informationen dabei, die Bergmann ein wenig beunruhigend fand (mögliche Folgeerkrankungen und solche Dinge), aber insgesamt hieß es, dass man bei einem entsprechenden gesunden Lebenswandel mit viel Bewegung (sollte kein Problem für ihn darstellen) und gesunder Ernährung ein langes und erfülltes Leben führen könnte. Was auch immer langes Leben bedeutete, aber darüber wollte Bergmann nicht weiter spekulieren.

[16] Der übernächste Tag begann staubtrocken, denn Bergmann musste nach dem Frühstück zu einem Vortrag mit dem vielversprechenden Titel Sozialrecht, und das morgens um 9 Uhr! Da hatte er beim Frühstück extra einen Kaffee mehr zu sich genommen, könnte sonst peinlich werden, wenn er im Vortrag einschlafen oder ohnmächtig werden würde. Es ging in dem Vortrag um so spannende Dinge wie Arbeitsunfähigkeit, Lohnfortzahlung, Krankengeld, Übergangsgeld, BEM (sofort vergessen) und ... – den Rest hatte Bergmann nicht mehr mitbekommen, da hatte er inhaltlich und gedanklich vollkommen abgeschaltet. Bedingt auch dadurch, da viele Regeln für ihn als Selbständigen so nicht anwendbar oder anders gewichtet waren. Und er hatte sich in den letzten Tagen schon Gedanken und Pläne für seine berufliche Zukunft gemacht. Er wollte und musste einfach weniger arbeiten, jedenfalls in seinem jetzigen Geschäft. Daher hatte er sich die Wochen nach der Reha bereits frei geschaufelt. Einige Aufträge hatte er an Partnerfirmen weitergeben können (und teilweise eine Vermittlungsprovision erhalten), einige Aufträge wurden ersatzlos gestrichen, und bei wenigen musste er es wohl oder übel auf einen Rechtsstreit ankommen lassen, um aus dem Vertrag zu kommen. Doch das war nichts mehr, was Bergmann nervös machte oder ihn sonderlich interessierte. »Ich bin anscheinend doch schon in meinem neuen Leben angekommen«, dachte er lächelnd, während der Vortrag zum Sozialrecht an ihm vorbeiplätscherte. Bis zum Herbst, also in den kommenden Monaten, wollte er sich treiben lassen, schauen, was machbar wäre, was ihn wirklich positiv antreiben könnte. Nur gut, dass er in den letzten Jahren so sparsam gelebt hatte und sich daher auch eine längere einkommensfreie Zeit leisten könnte, wenn er nicht zu sehr über die finanzielle

Strenge schlagen würde. Außerdem konnte er weiterhin seine Kontakte nutzen und gute Aufträge weitervermitteln und dann immerhin die Provisionen mitnehmen. Oder er konnte seine Firma und seine Kontakte vielleicht gewinnbringend verkaufen? Sollte er eventuell sogar nur noch Aufträge vermitteln? »Eigentlich nicht«, überlegte Bergmann, er wollte ganz einfach weg aus der IT-Branche. Er wollte mehr ins Kreative: wie wäre es damit, Bücher zu schreiben oder Vorträge zu halten? »So könnte ich mehrere Wochen oder gar Monate im Jahr durchs Land reisen und Leseabende geben oder hin und wieder Vorträge halten, während ich tagsüber frei und ungebunden wäre, das wäre was für mich«, überlegte sich Bergmann.

Am Abend kramte er endlich seine Rätselhefte hervor. Er musste mal etwas anderes unternehmen, wobei unternehmen wohl der falsche Ausdruck war. Wegen Corona durften die Patienten immer noch nicht weg; mal irgendwo ins Restaurant gehen oder ins Kino fahren, das fiel alles aus und war nicht möglich. Zum Glück hatte er heute den nächsten Corona-Test negativ überstanden, sonst hätte er auch noch mehrere Tage in seinem Zimmer in Quarantäne verbringen müssen, und die Quarantäne-Tage wären zusätzlich zur Reha hinzugerechnet worden, also man wäre unter Umständen vier oder sogar fünf Wochen in der Klinik. Nein, das hatte Bergmann nun wirklich nicht vor. Er wollte nach drei Wochen wieder nach Hause, fühlte sich jetzt, nach ungefähr der Hälfte der Zeit, schon viel besser und mental stabiler als zuvor. Und auch körperlich ging es dank der vielen Anwendungen bereits deutlich bergauf. Das wollte er auf keinen Fall durch eine Zimmerquarantäne aufs Spiel setzen. Daher blieb nur eine Abendgestaltung in der Klinik, und die sollte heute aus einem Rätselmarathon bestehen. Er konnte sich nicht erinnern, wann er überhaupt das letzte Mal ein Kreuzworträtsel gelöst hatte. Ganz früher als Kind und Jugendlicher hatte er gern bei seiner Mutter oder seiner Oma gesessen, gemütlich auf dem Sofa oder unter dem Kirschbaum im Garten der Großeltern, und dann hatten sie stundenlang zusammen die Rätsel gelöst. Doch die letzten Jahrzehnte war ihm das Rätselraten komplett verloren gegangen. Inzwischen dachte er, Kreuzworträtsel würden nur noch alte Leute machen. Die Erkenntnis, dass er inzwischen eigentlich auch bald zu diesen alten Menschen gehörte, verdrängte er dabei erfolgreich, wobei der Begriff *alt* natürlich sehr dehnbar war und für Bergmann persönlich in sehr weiter Ferne lag.

Ein Rätselheft mit dem Namen *Das Riesen-Rätsel-Roulette* wurde aufgeschlagen, und ein Riesen-Schweden-Rätsel wartete auf erfolgreiche Bearbeitung. Bergmann kam am Anfang ganz gut voran und nach kürzester Zeit war zumindest die eine Rätselseite bereits ausgiebig ausgefüllt. Meine Allgemeinbildung ist anscheinend nicht so schlecht, grinste er vor sich hin. Doch dann kam er zu den Begriffen, die ihn schon früher nicht interessiert hatten, oder deren Lösung er immer sofort wieder vergessen hatte, meist waren das diese sogenannten 3–5 Buchstaben-Wörter zumeist aus dem Bereich: *Wer war der 2. Sohn Noahs? Wie hieß die 1. Frau Jakobs? Wie hieß der Sohn des Isaaks? Wie hieß die Tochter des Tantalus?* (1.Frage: 3 Buchstaben, 2. Frage: 3 Buchstaben, 3. Frage: 4 Buchstaben – wer es gerne versuchen möchte). Wer konnte sich so was schon merken, und waren die eigentlich alle aus einer einzigen Familie und miteinander verwandt, fragte er sich, zumal sie in diesem Rätsel alle auf einmal vorkamen. Zum Schluss lief ihm noch so eine Frage über den Weg: *Wie hieß die Gattin des Agirs?* Bergmann fand auch heute keine Lösung, zumal immer ein oder zwei Buchstabenfelder leer blieben, und ihm die Namen niemals einfielen. Und selbst wenn er die Lösung nachschauen würde, hätte er die Namen bestimmt nach Sekunden wieder vergessen, da war sich Bergmann sicher.

[17] Beim Abendessen befasste er sich gedanklich mit der Frage, warum es in Krankenhäusern oder Kliniken zum Abendbrot immer Früchtetee gab, und wer diesen Tee wirklich mochte? Obwohl, wenn er sich hier so umschaute, hatten nahezu alle über 60-Jährigen eine Teekanne vor sich stehen. Scheint also doch eine Trendbewegung zu sein, die noch völlig an ihm vorbeigegangen war, aber er war ja auch noch nicht 60+. Oder war das wie beim Fliegen, wo oftmals der Tomatensaft geordert wurde? Und den trank ja zu Hause nun auch wirklich niemand. Vielleicht war das aber auch eine typisch deutsche Angewohnheit? Oder tranken zum Beispiel Isländer oder Belgier auch sofort Tomatensaft, wenn sie im Flieger sitzen? Bergmann zumindest kannte niemanden, der jemals Tomatensaft trank. Das gleiche Phänomen könnte natürlich auch auf Früchtetee zutreffen: kaum befand der Mensch sich in einem Krankenhaus oder in einer Klinik, da verlangte der Körper nach Früchtetee. Ob das schon mal jemand wissenschaftlich untersucht hatte? Gab es vielleicht eine neurologische Verbindung zwischen krank und dem Bedürfnis nach Früchtetee? Bergmann bestellte an diesem Abend zum ersten Mal auch ganz verwegen eine Kanne Tee. Doch nach einer Tasse war sein detektivischer Spürsinn bereits wieder versiegt, und er trank wie üblich sein Mineralwasser. Man musste nicht gleich jeden neuen Trend für sich aufgreifen.

Am nächsten Nachmittag zelebrierte Bergmann seinen einmonatigen Geburtstag – dazu gönnte er sich selbstverständlich ein Stück Sahnetorte im Café. Er konnte es nicht glauben, einerseits war sein Infarkt gerade erst einen Monat her, andererseits kam ihm die Zeit in der Reha bedeutend länger vor. Man war so komplett von seinem normalen Leben abgeschottet, und zu Zeiten von Corona noch mehr, hatte einen komplett gefüllten Terminplan für jeden Tag, so dass man gar nicht merkte, wie sehr die Zeit verflog. Doch er merkte immer mehr, wie gut ihm das Training und all die unterschiedlichen Anwendungen taten. Er fühlte, dass er als anderer, neuer Mensch nach Hause fahren würde. Vor der Behandlung hätte er das sicher als Esoterik-Quatsch abgetan, aber die letzten Wochen hatten grundsätzlich was bei Bergmann bewirkt. Er würde seine kommende Zeit besser nutzen, und das in allen Bereichen. Gleich morgen wollte er sich hinsetzen und seinen neuen Zukunftsplan aufstellen; er war richtig aufgeregt und euphorisch.

[18] Der neue Tag fing mit einem nächsten Arztgespräch an. Der Arzt zeigte sich sehr zufrieden mit seiner Entwicklung und erfreut über seinen Gesamteindruck: Die Blutwerte waren alle in Ordnung, sein Blutdruck war ordentlich gefallen und lag konstant auf einem sehr guten Wert, und seine Fitness-Werte entwickelten sich positiv, und er war inzwischen viel belastbarer und ausdauernder. Auch seine Brustschmerzen waren schon fast vollständig verschwunden. Es gab für den Arzt also keinen Anlass, Bergmann nicht nach 3 Wochen zu entlassen. Länger wollte er nun auch nicht mehr hierbleiben, dachte Bergmann. Zum Abschluss des Gespräches

erkundigte sich der Arzt noch: »Und Herr Bergmann, was sind ihre weiteren Pläne?«

»Da brauche ich gar nicht mehr lange darüber nachzudenken. Ja! Ich werde mich beruflich verändern. Die IT-Branche muss in Zukunft ohne mich auskommen!«

»Das hört sich nach einer großen Änderung an. Dann wünsche ich Ihnen viel Erfolg bei der Umsetzung. Aber gehen Sie es ruhig an, und auch die sportlichen Aktivitäten müssen Sie in den kommenden Monaten noch dosiert angehen. Wir werden die Vorgaben dafür in Ihrem Entlassungsschreiben für Ihren Hausarzt noch genauer festlegen«, verabschiedete der Arzt ihn aus der Visite.

»Das ist doch interessant«, dachte Bergmann hinterher, »dass ich schon so genau weiß, dass ich mich beruflich verändern werde«. Aber was will ich denn nun eigentlich konkret machen, überlegte er. Da musste er wieder an seine Begegnungen mit dem Ballonseidenmann denken – dieser Typ, der ihn beim Frühstück fast wahnsinnig gequatscht hatte. Was der wohl im echten Leben machte? Vielleicht Verkäufer oder Vertreter, so viel wie der redete. Er hatte in dem Gespräch auch nicht wirklich zugehört, eventuell hatte der das sogar verraten.

Bergmann fing an, darüber nachzudenken, eine Geschichte über den Ballonseidenmann zu schreiben. Er stellte sich vor, dass der ein totales Spießerleben führte, aber gleichzeitig noch ein zweites Leben, ein Schattenleben, hatte. Das konnte doch eine gute Story für ihn sein – ein wenig Drama, ein wenig Thriller und ein wenig Ruhrpottcharme, obwohl er sich damit kein bisschen auskannte, doch da könnte man seiner künstlerischen Freiheit genügend Raum lassen. Die Geschichte zeichnete sich bereits ein wenig in Bergmanns Kopf ab und er begann, sich einige Notizen zu machen. Da war der Weg zum Schriftsteller doch mal einen Versuch wert, fantasierte er.

[19] Der Sonntag war komplett verregnet. Bergmann wollte eigentlich eine Radtour machen – entlang der Ostseeküste. Doch das konnte er heute natürlich vergessen; bei Dauerregen konnte er sich nichts Nervigeres vorstellen, als auf dem Rad zu sitzen, womöglich noch bei Gegenwind und das entgegen jeder Logik natürlich auf Hin- und Rückweg und sich dabei komplett nass regnen zu lassen. Gleichzeitig durfte er auf ärztliche Anweisung nur einen leichten Ausflug machen – heute bei dem Wetter und Wind wäre es sicher zu anstrengend und seiner Herzgesundheit noch nicht zuträglich. Also keinen Ausflug, sondern lieber ein bisschen *Menschenkunde*, wie er es zu nennen pflegte. Und welcher Ort war dafür besser geeignet als *Ingrids Kaffeestübchen*, inzwischen längst sein liebster Ort während des Aufenthaltes.

Wenn man Glück hatte, konnte man hier in Ruhe sitzen und vor sich hin sinnieren, oder man konnte die unterschiedlichsten Leute beobachten, ob man nun wollte oder nicht. Aber als nun potenziell angehender Schriftsteller oder kommender und gefeierter Vortragsredner konnte er auch hier direkt mit einer Sozialstudie beginnen und schauen, ob ihm Charaktere und Begebenheiten zu eigenen Inspirationen einladen würden. Und er musste auch dieses Mal nicht lange warten. Noch während er am Tresen stand, um seine Bestellung aufzugeben, schwang von der anderen Seite ein kleines gutmütig aussehendes Mütterchen an allen vorbei. Sie gab mit einer Selbstverständlichkeit ihre Bestellung auf, dass nicht nur Bergmann, sondern auch alle anderen Wartenden komplett baff waren ob dieser Dreistigkeit. Denn die Dame, die im Ton gar nicht mehr mütterlich wirkte, sondern in einem befehlshaberischen Ton ihre Ansage machte, bestellte nicht nur ein oder zwei Getränke, sondern hatte an diesem Tag offensichtlich eine größere Runde an Mitpatienten zu bewirtschaften, und so dauerte der Bestellvorgang fast eine Viertelstunde, ohne dass die Dame sich darum kümmerte, ob sie einen kompletten Verkehrsstau im Café verursachte. Selbst den beiden Servicekräften war der Umstand äußerst unangenehm, und wenn Bergmann nicht kurz vorher beschlossen hätte, diesen Nachmittag zu Studienzwecken zu nutzen, dann hätte er sich darüber ziemlich aufgeregt. So dachte er nur, dass er hier ja gleich ein schönes Beispiel für menschliches Sozialverhalten gefunden hätte.

Endlich war auch er an die Reihe gekommen und konnte sich mit seiner Bestellung an einen Tisch setzen. »So«, dachte er, »dann kann die Aktion *kommender Schriftsteller* beginnen. Wollen wir doch mal schauen, was heute so los ist«. Rechts von ihm saß ein Mann in den 30er Jahren, der offensichtlich mit seiner Frau oder Freundin telefonierte. Und da die Hellhörigkeit und Schallübertragung in diesem Raum nach wie vor hervorragend war, blieb Bergmann ohnehin nichts anderes übrig als dem Gespräch zu lauschen. Der Mann schien sich bitterlich über seinen Aufenthalt in der Klinik zu beklagen. Na sowas, da hatte der erste Eindruck auf mich ganz anders gewirkt, dachte Bergmann. Der Mann war nämlich komplett an beiden Armen und am Hals tätowiert, trug dazu ein *Harley Davidson* T-Shirt mit Totenköpfen und anderen martialischen Motiven, so dass Bergmann ihn eher als abgebrühten Motorradfahrer eingeschätzt hätte. Allerdings trug er *Birkenstock-Sandalen* zu seinem Rockeroutfit, was dem Ganzen einen leicht irritierenden Gesamteindruck verlieh. Währenddessen beklagte er sich weiter bei seiner Telefonpartnerin, dass man hier vor Ort keine Ahnung hätte und dass das gesamte Ärzteteam bei ihm überhaupt nichts unternehmen würde, und er sich schon bei der Patientenvertretung beschweren wollte (Was es aber auch alles gibt!). Aber heute wäre ja Sonntag, da sei die Vertretung geschlossen, was für eine Frechheit. »Dat kennste ja! Wenn dat morgen nicht funktioniert, dann fahre ich nach Hause. Dann is mir dat mit den Schmerzen auch egal«, meckerte er ins Handy.

»Aha, solide Weisheit und guter Ansatz zur Gesundung. Das sind mir die richtigen Patienten, da möchte ich auch unbedingt mal Arzt sein«, dachte Bergmann und lauschte diskret weiter. Das Gespräch zog sich immer mehr in die Länge, man konnte es aber als Monolog betrachten. Und neue Erkenntnisse kamen nicht zu Tage. Außer, dass absolut nichts für ihn getan würde, und es ja so furchtbar langweilig hier wäre. Na, was für eine Erkenntnis! Bergmann musste bei diesem Gejammer an seine Lieblings-TV-Show mit dem Koch Tim Mälzer denken, der sich in solchen Momenten immer extrem über dieses *Mimimi*-Gehabe bei anderen echauffierte. Dabei fing Bergmann unbewusst an zu grinsen, was der Harley-Typ bemerkt haben musste, da er sein Gespräch darauf relativ schnell beendete und das Café verließ. »Da habe ich wohl jemand vertrieben«, dachte Bergmann und freute sich ein wenig über seinen »Erfolg«, obwohl er natürlich nicht so gehässig sein sollte. Vielleicht plagten den Mann tatsächlich ziemliche Schmerzen. Doch ihm tat eher die

Frau am anderen Ende der Leitung leid, die es mit diesem Jammerlappen aushalten musste.

Hinter Bergmann saßen zwei Frauen, die er schon öfter zusammensitzen gesehen hatte. Und die beiden redeten und redeten ohne Unterbrechung, quasi zwei Monologe gleichzeitig. Bisher hatte er nie die Gespräche mitbekommen, aber heute saßen die beiden nicht so weit entfernt, und er konnte auch hier das Gespräch ohne große Probleme mithören. Die beiden schienen aus dem Berliner Raum zu kommen, was man deutlich am Dialekt hören konnte, was aber natürlich an sich nicht weiter erwähnenswert wäre. Was Bergmann umso erstaunlicher und erschütternder fand, war die Tatsache, dass zwei Menschen, die beide höchstens Ende zwanzig waren, maßgeblich so viele Probleme mit sich und ihrem Leben hatten, dass sie auch nach 2 Stunden nicht zum Ende kamen oder einmal richtig Luft geholt hätten. Es ging um allgemeine Probleme mit dem Job, mit dem Partner, mit dem Chiropraktiker und mit der Tatsache, dass Frau nicht bis zur Rente arbeiten wollte. Erstaunlicherweise schienen die beiden ansatzweise die gleichen Probleme zu haben. Denn kaum fing die eine Frau eine neue Problembaustelle an, da stimmte die andere mit eigenen Erzählungen ein. Der Nachmittag endete mit der Erkenntnis: »Und dann der gesellschaftliche Druck; da hat man als Frau ja gar keine Chance.«

»Was ...?« dachte Bergmann, spätestens hier war er raus aus dem Gespräch.

Bergmann ging auf sein Zimmer – er wollte auch heute wieder früh schlafen gehen. Morgen fing seine letzte Woche bereits um acht Uhr mit medizinischer Trainingstherapie an, das bedeutete, er musste vorher noch zum Frühstück, um dann bereits gestärkt am Gerätetraining teilnehmen zu können.

[20] »Herr Bergmann, können Sie mich hören?«

»Herr Bergmann, machen Sie doch mal die Augen auf.«

Der Satz kam ihm irgendwie bekannt vor. Wieso hörte er den denn immer wieder? Wahrscheinlich hatte er sich verhört, er wollte nur noch ein wenig weiterschlafen.

»Herr Bergmann, wachen Sie bitte auf.« Dabei wurde er sanft an der Schulter gerüttelt. Bergmann machte zögerlich ein Auge auf und sah einen weißgekleideten Mann vor sich stehen.

»Was machen Sie in meinem Zimmer?«, fragte Bergmann zerstreut. Der Mann schaute etwas ungläubig und schüttelte leicht den Kopf.

»Herr Bergmann, Sie sind hier bei uns im Krankenhaus. Mein Name ist Dr. Mewes, ich bin der zuständige Oberarzt. Sie liegen auf unserer Intensivstation. Sie hatten vor 2 Tagen einen Herzinfarkt. Können Sie sich erinnern?«

»Vor zwei Tagen? Noch einen? Wieso das denn? Ich verstehe das nicht, ich war doch schon wieder richtig fit«, entgegnete Bergmann inzwischen komplett konfus.

»Was meinen Sie damit? Nein, Sie hatten nur einen einzigen Infarkt, vor 2 Tagen. Und seitdem sind Sie bei uns auf der Intensivstation. Sie haben recht viel geschlafen, aber jetzt scheint es etwas besser mit Ihnen zu werden. Sie bleiben noch einen Tag hier bei uns, danach können Sie auf die Normalstation verlegt werden. Und danach würde ich Ihnen dringend eine Anschluss-Reha-Behandlung empfehlen. Mit so einem Infarkt ist nicht zu spaßen. Da müssen Sie erstmal wieder richtig auf die Beine kommen«, antwortete Dr. Mewes.

»Ja, da haben Sie bestimmt Recht. So eine Reha soll ja Wunder bewirken«, erwiderte Bergmann, der noch immer ziemlich durcheinander und verwundert war, um es gelinde auszudrücken.

Hatte er das jetzt alles geträumt? Na ja, den Infarkt hatte er offensichtlich nicht geträumt, soviel war klar! Aber den Rest? Seine Erlebnisse im Krankenhaus im 4-Bett-Zimmer? Oh Gott, musste er da etwa noch einmal hin? Und die Tage zu Hause, seine Vorbereitungen auf die Reha? Anscheinend alles geträumt. Wahnsinn, dachte Bergmann, dann habe ich das noch alles vor mir? Die Reha und die gesamte Behandlung, die Gespräche, die Leute vor Ort, der Ballonseidenmann? Das konnte doch nicht sein, dass er das alles nur geträumt hatte. Da hatte er aber wirklich eine blühende Fantasie entwickelt. Da fiel ihm noch etwas anderes ein. Hatte die Psychologin nicht in seinem Therapiegespräch (das dann ja auch gar nicht stattgefunden hatte) in etwa gesagt: »Sie sind der Fachmann für Ihr Leben, für Ihre Geschehnisse. Nur Sie können beurteilen, was wirklich Sinn für Sie macht.«

Tja, dachte Bergmann, wenn das so ist, dann kann das Abenteuer Reha wohl noch ein zweites Mal beginnen, und ich bin schon der Fachmann. Damit drehte sich Bergmann auf die Seite, machte nochmals die Augen zu und schlief sofort wieder ein.

[Teil 2]

[21] »Macht 138,50 € – in bar«, sagte der Taxifahrer, nachdem er vor Bergmanns Haustür angehalten hatte. Das hatte sich Mats Bergmann auch anders vorgestellt. Eigentlich sollte er abgeholt werden, aber sein Freund Heiner musste kurzfristig an einem wichtigen Abteilungsmeeting in der Firmenzentrale teilnehmen und hatte ihm gestern missgelaunt absagen müssen. Daher saß Bergmann auf dem Rücksitz eines Taxis und kramte in seiner Geldbörse nach seinen letzten Scheinen, dummerweise hatte er aber nur noch 20 € Bargeld übrig.

»Tut mir leid. Ich muss mit Karte bezahlen.«

»Tja,« nuschelte der Taxifahrer, »geht leider nicht, das Kartenlesegerät ist kaputt. Ich nehme nur Bares.«

Bergmann versuchte ruhig zu bleiben. »Bloß nicht den Klinikerfolg aufs Spiel setzen«, dachte er. Ich nehme das Leben jetzt gelassener und lasse mich nicht mehr so stressen.

»Dann muss ich aber erst hoch in meine Wohnung und das Geld holen.«

»Na, dann mal los. Ich muss auch weiter, habe noch mehr Kunden heute«, erwiderte der Taxifahrer mit einem leicht genervten Unterton.

»Als wenn das meine Schuld wäre, dass der sein Kartengerät nicht in Ordnung hält«, dachte Bergmann und holte seine Haustürschlüssel hervor, ging zur Haustür, schloss die Tür auf und fuhr mit dem Fahrstuhl in die oberste Etage. Er wusste, dass er eigentlich immer etwas Bargeld zu Hause hatte und hoffte, dass es reichen würde, um die Fahrt zu bezahlen. Er kramte in seiner Flurschublade herum und fand schließlich noch 120 € – zusammen mit dem Geld in seiner Geldbörse hätte er also gerade ausreichend Geld, um den Fahrer bezahlen zu können. Er fuhr wieder mit dem Fahrstuhl nach unten, ging zum Taxi und gab dem Mann das Geld in die Hand. Der schien ziemlich genervt zu sein, anscheinend hatte er wohl mit mehr Trinkgeld gerechnet. »Doch wofür«, überlegte Bergmann. Die Fahrt über hatte der Mann beharrlich geschwiegen und hatte seine Andrea Berg-Musik im Radio aufgedreht – ein entsetzliches Erlebnis für Bergmann, der mit Schlagermusik so gar nichts anfangen konnte. Diese heile Welt mit Herzschmerz konnte ihm gestohlen bleiben.

Da der Taxifahrer durch das Ausbleiben des erhofften Trinkgeldes auch keinen Sinn mehr darin sah, Bergmann bei seinem Gepäck zu helfen, musste er seinen Koffer selbst aus dem Kofferraum hieven und zur Tür bringen. Der Taxifahrer rauschte inzwischen wortlos davon. Zum Glück hatte Bergmann den Fahrstuhl im Haus, sonst hätte er mit seinem Koffer und den vier Etagen wirklich ein Problem gehabt. Für solch eine körperliche Anstrengung wäre er auch nach der Reha noch nicht fit genug gewesen. Aber so konnte er seinen Koffer problemlos in den Lift schieben und hoch zu seiner Wohnung fahren.

[22] Nachdem Koffer und Rucksack im Schlafzimmer abgelegt waren, ging er in die Küche und bereitete sich einen frisch gebrühten Kaffee, endlich wieder mit Hafermilch. So etwas hatte es in der Klinik unerklärlicherweise nicht gegeben. Tierische Produkte im Überfluss, aber leider kaum Vegetarisches oder Veganes und überhaupt keine Soja- und Hafermilchalternativen. »Da kann noch nachgebessert werden«, dachte Bergmann. Insofern freute er sich nun

umso mehr über seinen selbst zubereiteten Kaffee zu Hause. Er ging ins Wohnzimmer, setzte sich auf seinen Lieblingssessel am Fenster, schaute hinaus auf seine Nachbarschaft, die auch nach vier Wochen ziemlich unverändert aussah, außer dass erste Blüten an den Pflanzen und Bäumen zu erkennen waren.

Wie zufrieden war er denn nun mit der *echten* Reha und seiner davor liegenden Krankenhauszeit, überlegte Bergmann, Kaffee schlürfend und genießend. Die restlichen Tage im Krankenhaus hatte er nach der Verlegung von der Intensivstation in einem Doppelzimmer auf der Normalstation verbracht. Ob die Zeit nun besser war als in seinem Traum? Sein Bettnachbar jedenfalls war ein älterer Mann so jenseits der 70 Jahre, der laut Krankenschwester »ein ganz Netter ist«, und der zwar nicht alle paar Minuten in der Nacht zur Toilette lief und auch keinen Hustenauswurf hatte. Dafür befand sich der Herr leider in einer fortgeschrittenen Demenzphase, und somit stellte sich besagter Herr Kröger jeden Morgen aufs Neue bei Bergmann vor und erzählte ihm sein Leben und dazu jeden Tag dieselben Geschichten. Bergmann fühlte sich wie in einer Endlosschleife des Kinofilmes *Und täglich grüßt das Murmeltier*. Früher war er ein großer Fan dieses Filmes gewesen, nach der täglichen Lebensgeschichte von Herrn Kröger empfand Bergmann dies nun etwas differenzierter.

Nach seinem Krankenhausaufenthalt hatte er nur einige Tage zu Hause verbracht, danach ging es gleich weiter Richtung Reha-Klinik. Dort war dann alles etwas anders als zuvor geträumt. Die Klinik befand sich leider nicht an der Küste, sondern irgendwo im Nirgendwo mitten in Deutschland in einem kleinen Ort in der Nähe der Lüneburger Heide ohne besondere landschaftliche Highlights. Die

Klinik an sich war ganz okay, doch in seinem Traum war ihm alles rosiger erschienen. Die Ärzte rieten ihm zu einer Verlängerung von einer Woche, und sein körperlicher Zustand verbesserte sich nicht in dem Maße, wie er es zuvor erträumt hatte. Trotzdem war er insgesamt mit der Reha zufrieden, es war schon sinnvoll, dass er sich ausgiebig hatte behandeln lassen. Und der wichtigste Punkt war gewesen, dass er sich durch seinen Traum quasi schon von seinem alten Job verabschiedet hatte. Er fühlte sich während der Wochen nicht so sehr von der Frage unter Druck gesetzt, was hinterher passieren sollte. Er hatte gegenüber seinen Mitpatienten somit einen klaren Erkenntnisvorsprung, wie Bergmann es ausdrückte, und konnte dadurch die Behandlungen ein wenig entspannter genießen und während dieser Zeit auch besser abschalten und sich sozusagen neu sammeln. Da hatte seine Tante Ilse doch tatsächlich Recht behalten. »Du musst mal was für dich tun. Du musst das als Warnung sehen.«

Nun aber war er froh, dass er wieder zu Hause war, denn die vier Wochen hatten sich insgesamt ziemlich lang angefühlt. Man konnte das Gefühl haben, dass sich die Welt in der Zwischenzeit komplett verändert haben musste. Ein kurzer Blick in die Regionalzeitung, die jemand diesen Morgen anscheinend aus Versehen vor seiner Haustür abgelegt hatte, überzeugte ihn vom Gegenteil - die gleichen Themen wie vor Wochen. Wahrscheinlich wurden die gleichen Schlagzeilen nur noch alle paar Monate ausgewechselt und in neuer Reihenfolge den Lesern dargeboten. »Doch egal«, dachte Bergmann, »das soll nicht mein Problem sein. Ich werde mich nun um meine persönliche Neuausrichtung kümmern.«

Ein Plan musste her, beziehungsweise er hatte sich schon einen groben Ansatz von Plan erarbeitet. Die nächsten Wochen sollten damit verbracht werden, sich in einem Kurs zum Vortragsredner weiterbilden zu lassen. Worüber er genau reden wollte oder konnte, das war Bergmann nicht klar, und auch nicht, woher er seine Kunden bekommen sollte. Ihm war nur klar, dass er den Menschen etwas geben wollte, darin sah er seine zukünftige Aufgabe und Berufung. Aber die Idee des Schriftstellers fand er dann doch zu gewagt. Er traute sich nicht, diesen Wunsch weiter zu verfolgen.

[23] Die kommenden Tage war Bergmann damit beschäftigt, einen geeigneten Kurs zu finden, der ihm die Geheimnisse und Tricks eines erfolgreichen Redners vermitteln würde. Nach einigem Suchen und der Abwägung zwischen verschiedenen Angeboten fand er schließlich einen Kurs, der bereits eine Woche später in Hamburg stattfinden sollte. Ein »5-Tages-Programm mit Erfolgsgarantie. Mit Powerposen und Powersprache zum anerkannten Redner!«, wie die Ausschreibung vollmundig erklärte. Erfolgsgarantie hörte sich gut an, dachte Bergmann und klickte voll motiviert die Anmeldung an, gab seine persönlichen Daten ein und zahlte direkt bei Buchungsabschluss einen stolzen Betrag, der ihm einen der letzten Restplätze sicherte. Nach Angaben des Veranstalters war dieser Kurs extrem hoch nachgefragt und wahrscheinlich innerhalb der kommenden Stunden ausgebucht. Über die Bezahlung machte sich Bergmann keine großen Gedanken, die letzten Wochen hatte er schließlich überhaupt kein Geld ausgegeben. Allerdings besaß er im Augenblick auch keine Neuaufträge, die er, wie in seinem Traum, einfach weitervermitteln könnte. Ebenso wenig hatte er in den kommenden Wochen ausstehende Aufträge zu bearbeiten oder

abzurechnen. Somit blieb Bergmann nichts anderes übrig, als von seinen Ersparnissen zu leben – das war es auf jeden Fall wert! Und er hatte immerhin so einiges über die Jahre angespart, das sollte nun gut investiert sein.

Die Anmeldeformalitäten für den Kurs waren inzwischen erledigt, jetzt brauchte er für die Tage in Hamburg natürlich auch ein geeignetes Hotel – das hatte Bergmann in seiner Kalkulation völlig unterschlagen. Aber man lebte ja nur einmal (oder zweimal, wie in seinem Fall), das war Bergmann inzwischen klar geworden, daher würde er sich jetzt auch ein schönes Hotel leisten. Er schaute sich auf Google Maps die Lage des Seminarortes an, die Räumlichkeiten befanden sich in der Nähe zur Elbe, und somit suchte er nach Hotels in der direkten Umgebung. »Dann kann ich morgens das Auto stehen lassen und zu Fuß zum Seminarort gehen und tue gleichzeitig etwas für meine Gesundheit«, dachte Bergmann.

Er fand jedoch kein passendes Hotel in fußläufiger Entfernung und entschied sich daher für ein großes, weißes Hotel mit würdevoller hanseatischer Ausstrahlung. In diesem sollte der Rockmusiker Udo Lindenberg angeblich seit vielen Jahren wohnen, wie Bergmann gehört hatte. »Genau richtig für mich«, dachte er, »dann kann ich mit Udo mal ein Gläschen an der Bar zu mir nehmen!« Der Preis des Hotelzimmers war unverschämt hoch, aber dafür würde er auch ein bisschen Luxus genießen können, und außerdem hatte er das Frühlingsangebot mit Frühstück gebucht. Dafür konnte er das Hotel aber auch nicht mehr stornieren – doch was sollte in den nächsten Tagen schon passieren? Also Kreditkarte angeben, und schon war sein Konto um einen weiteren beträchtlichen Betrag belastet. »Die nehmen es auch von den Lebenden«, dachte

Bergmann, freute sich aber auch gleichzeitig über seinen Entschluss, sich ein wenig Dekadenz und Luxus zu gönnen.

Er war in den folgenden Tagen mit seinen Vorbereitungen auf den Kurs vollauf beschäftigt. Mal schauen, was dort für Teilnehmer sind, dachte er. Hoffentlich müsste er nicht gleich vor der gesamten Gruppe frei sprechen – das war noch so gar nicht Bergmanns Ding. Aber das muss ich ja lernen, um dann auf Vortragsreisen gehen zu können, überlegte er. Über welche Themen er später eigentlich sprechen wollte, war ihm überhaupt nicht klar, sein Fachthema IT und IT-Sicherheit würde sich natürlich anbieten, zumal in diesem Bereich der Bedarf und die Nachfrage immer größer wurden. Und bestimmt hatte er einige Kunden, die ihm dafür auch Vorträge vermitteln könnten. Das sollte also kein Problem sein. Jetzt erst einmal ein sicheres Auftreten als Redner gewinnen, und dann beginnt mein neues Leben, überlegte er. Er hoffte, dass sich bis dahin sein allgemeiner Gesundheitszustand bessern würde, denn bis jetzt war er noch nicht wieder der Alte, fühlte sich doch oft schlapp und müde, was aber auch an den Medikamenten lag, die er nun ständig nehmen musste. Zum Glück musste er beim Seminar nur zuhören und sitzen, so dachte er zumindest, das sollte also machbar sein.

Am Abend vor der Abreise nach Hamburg traf Bergmann sich noch mit seinem Kumpel Heiner und erzählte ihm von seiner Reise nach Hamburg, seinem Seminar und seinem Plan vom Leben und Reisen eines Redners.

»Ich weiß ja nicht«, meinte Heiner. »Du bist doch so überhaupt nicht der Mensch, der auf der Bühne stehen will. Und wolltest du nicht weg vom Thema IT? Das hat dich doch zuletzt nur noch genervt? Auch wenn du in Zukunft nicht direkt damit arbeiten willst, darüber zu reden ist doch auch nichts.« Heiner schien ziemlich klar in seiner Meinung zu sein und Bergmann reagierte leicht verunsichert. Mit dem Thema IT hatte Heiner schon recht, da wollte er eigentlich weg. Aber ihm ging es hauptsächlich darum, nicht mehr direkt beim Kunden zu arbeiten und neue Programme zur Sicherheit zu entwickeln und zu installieren. Nur noch darüber zu reden konnte ja eigentlich nicht so schlimm sein.

»Ach, lass mich erstmal das Seminar besuchen, danach läuft das schon«, versuchte er Heiner zu überzeugen. Doch der blieb den Abend über skeptisch und wenn Bergmann damals schon gewusst hätte, was alles auf ihn zukommt, hätte er diese Reise sicherlich neu überdacht.

[24] Am nächsten Morgen war Bergmann mit seinem Auto unterwegs nach Hamburg. Er fühlte sich etwas unsicher hinter dem Steuer. Er war nun seit vielen Wochen nicht mehr selbst gefahren, und er machte sich Gedanken, was passieren würde, wenn er während der Fahrt einen erneuten Infarkt bekäme. Er sah sich schon im Auto zusammensinken und mit seinem Fahrzeug einen Unfall verursachen. »Totaler Blödsinn, reiß' dich zusammen!«, sagte er zu sich selbst. Immerhin war er inzwischen wieder einigermaßen fit, und die Tabletten taten ja ein Übriges, damit nicht wieder etwas Schlimmes passieren würde, so hoffte Bergmann es jedenfalls.

Am frühen Nachmittag erreichte er die Innenstadt von Hamburg, allerdings zerrten die letzten Kilometer in der Stadt an seinem Nervenkostüm. Obwohl er das Navi eingeschaltet hatte, kam er teilweise keinen Millimeter mehr voran und verlor vollkommen den Überblick. Die gesamte Stadt schien voll von Baustellen und Umleitungen zu sein, sein Hotel kam und kam nicht näher, und so brauchte Bergmann fast eine Stunde länger als vom Navi ursprünglich errechnet. Er erreichte völlig fertig, abgekämpft und verschwitzt die Zufahrtsstraße zum Hotel und suchte die Garageneinfahrt, denn natürlich gab es weit und breit keinen freien Parkplatz auf der Straße. »Dann eben Tiefgarage«, dachte er, »bevor ich noch einen Schwächeanfall erleide«. Bergmann fand die dunkle und unscheinbare Einfahrt zur Tiefgarage und stellte seinen Wagen auf einen der wenigen freien Plätze. Auf dem Weg durch das dunkle und doch schon recht heruntergekommene Parkhaus wunderte Bergmann sich, dass dies eines der nobleren Hotels der Stadt sein sollte. Dann sind die Zimmer und das Hotel bestimmt umso netter und luxuriöser, dachte er auf dem Weg zur Rezeption, die allerdings komplett verwaist schien. Er wartete und schaute sich ein wenig in der Hotellobby um. Hier sah es doch ganz nett aus, zwar war alles etwas dunkel und gediegen gehalten, doch wirkte die Einrichtung klassisch hochwertig. Dies half allerdings nichts dabei, dass immer noch kein Personal an der Rezeption auftauchte, und auch sonst war niemand zu sehen, der hier arbeitete. Vielleicht sollte ich es mit rufen versuchen, überlegte Bergmann. Allerdings schien ihm das dann doch etwas zu peinlich, in einem Luxushotel nach Personal zu rufen. Also blieb ihm nichts weiter übrig als abzuwarten. Nach weiteren endlosen Minuten kam endlich ein junger Mann aus den Hinterräumen angeschlichen – ihm schien in keinster Weise aufzufallen, dass ein neuer Gast gerne sein Zimmer bezogen hätte.

Nach einer unmotivierten Begrüßung und der Erledigung der Anmeldeformalitäten wurde Bergmann noch gefragt, ob denn sein

PKW in der Garage stünde. Als er dies bejahte, wurde er darauf hingewiesen, dass dies zusätzlich mit 36 € berechnet werden würde.

»Das ist schon okay für die fünf Tage«, antwortete Bergmann. Der junge Mann schaute ihn leicht irritiert an und antwortete: »Das ist nicht der Preis für fünf Tage, sondern der Preis pro Tag!« Bergmann schluckte leicht über diesen aus seiner Sicht obszönen Preis, gab sich aber ganz weltmännisch und lächelte die Information gequält weg. »Ja klar, meine ich doch. Das ist schon okay ...«

»Wir haben leider nicht mehr die gewünschte Kategorie an Zimmer für Sie verfügbar, da etliche Zimmer wegen Umbauarbeiten gesperrt sind«, informierte ihn der Rezeptionist. »Ich kann Ihnen aber ein anderes schönes Zimmer mit leichter Sichtbehinderung anbieten. Ich zeige Ihnen das Zimmer sofort.« Leichte Sichtbehinderung, was sollte das denn bedeuten? Dann wäre es wohl nicht der komplette Alsterblick, wie Bergmann sich das gewünscht hatte.

Zusammen machten sie sich dann auf den Weg in die 3. Etage des Hotels, liefen endlose Gänge entlang, bis sie endlich vor einer Zimmertür stehen blieben. Der Mann schloss ihm das Zimmer auf und ließ Bergmann den Vortritt. Bergmann kam in ein komplett dunkles Zimmer, in dem er nichts erkennen konnte. Der Hotelangestellte machte das Licht an und Bergmann sah zumindest ein großes Zimmer mit einem großen Fenster, aus dem man allerdings nicht hinausschauen konnte.

»Was ist denn mit dem Fenster?«, erkundigte er sich.

»Ach, da hängt eine Bauplane davor. Wie gesagt, wir haben ein paar Bauarbeiten im Hause.« Leichte Sichtbehinderung ist gut, dachte Bergmann, das Fenster war komplett abgehängt mit einer undurchsichtigen dunklen Folie, was bedeutete, dass man überhaupt nicht rausschauen konnte und es absolut dunkel im Zimmer war. Bergmann war so perplex, dass dieses Zimmer überhaupt zur Verfügung stand und weigerte sich, hier für fünf Tage zu wohnen.

»Dann kann ich Ihnen nur noch ein Raucherzimmer anbieten.«

»Auf gar keinen Fall!«, erwiderte Bergmann.

»Es ist ein sehr schönes Zimmer, und ich kann Ihnen versichern, dass es überhaupt nicht nach Rauch riecht.«

Ein Raucherzimmer, dass nicht nach Rauch riecht? Was sollte das denn nun wieder sein?

»Haben Sie keine anderen Zimmer mehr frei?«

»Nein, leider nicht. Wir haben eine große Konferenz und sind komplett ausgebucht. Aber das Raucherzimmer hat einen wunderschönen Alsterblick.«

»Gut, wenn es sein muss, dann zeigen Sie mir das Zimmer. Ich bin allerdings nicht sicher, dass ich es nehmen werde«, antwortete Bergmann, der inzwischen zutiefst genervt war. Also fuhren sie eine Etage höher, liefen wieder weite Gänge entlang und blieben schließlich vor einer weiteren Zimmertür stehen. Bergmann begann, leicht kurzatmig zu werden.

Der Rezeptionist schloss die Tür auf, und Bergmann stockte der Atem. Das Zimmer schien ein Relikt aus den 70er Jahren zu sein mit dunkler Eicheneinrichtung, hässlichen Vorhängen und einem weinroten, abgenutztem Teppichboden. Und das Schlimmste war der Gestank nach altem abgestandenen Zigarettenrauch, der aus allen Poren dieses Zimmers zu kommen schien.

»Und Sie meinen, hier riecht es nicht nach Rauch? Das können Sie vergessen, dieses Zimmer nehme ich sicher nicht!« Bergmann war kurz davor ohnmächtig zu werden vor Ärger und

Verzweiflung. Er bildete sich ein, dass er auch langsam wieder Herzschmerzen bekam. Er musste sich unbedingt wieder beruhigen, aber diese Frechheit bei der Behandlung als Hotelgast eines Luxushotels konnte er einfach nicht begreifen. Der Rezeptionist wirkte etwas hilflos und stammelte vor sich hin: »Da muss ich erstmal schauen, was wir machen. Eigentlich haben wir nichts mehr frei.« Also gingen sie wieder hinunter zur Rezeption, wo der Angestellte am Computer herumtippte und leicht überfordert wirkte. »Ich glaube, ich habe da doch noch etwas für Sie gefunden. Ein Nichtraucherzimmer zum Innenhof, schön ruhig, aber hell und freundlich.« Und wieder ging es zum Fahrstuhl, dieses Mal in die 5. Etage, einen langen Gang entlang, und der Hotelangestellte schloss zum dritten Mal ein Zimmer auf. Dieses Zimmer stellte sich als annehmbar heraus, es war tatsächlich hell eingerichtet, hatte zwei große Fenster, der Ausblick bestand aus einer grauen Hauswand. Nicht gerade spektakulär, aber inzwischen war Bergmann zufrieden damit, dass er überhaupt ein Zimmer ohne Rauchgestank oder Bauplane bekommen hatte. Doch er machte sich weiter Gedanken darüber, wie er eben als Gast behandelt worden war. Wie konnte man denn Zimmer ohne Fenster anbieten, auch wenn es Bauarbeiten gab? Und ein Raucherzimmer anzubieten – wieso gab es in der heutigen Zeit überhaupt noch Raucherzimmer? Bergmann war total aufgewühlt und konnte sich gar nicht beruhigen. Am meisten nervte ihn, dass er für seine Tage in diesem Hotel eine beträchtliche Summe bezahlt hatte. Und dann noch der Garagenpreis dazu, allein für diesen Preis bekam man in anderen Hotels ein Zimmer mit Frühstück. Aber das war wohl der Preis für ein bisschen Luxus, allerdings sollte dann auch der Service stimmen.

Den Abend verbrachte Bergmann in seinem Zimmer, er hatte keine Lust mehr auf weitere Hotelerlebnisse. Außerdem würde der morgige erste Seminartag sicher anstrengend genug. Zum Glück begann das Seminar erst um 11 Uhr – also hatte Bergmann genügend Zeit für ein ausgiebiges Hotelfrühstück. Das würde bestimmt eines Luxushotels würdig sein.

[25] Bergmann hatte sehr gut geschlafen. Das Bett war einladend groß und gemütlich, so dass er am Abend bereits rechtzeitig im Bett gelegen hatte und sich nun vollkommen ausgeruht aus seinem Bett schwang. Jetzt noch ein herrliches Frühstück, und der Tag konnte kommen – er fühlte sich gut gerüstet für sein Rednerseminar. Bergmann begab sich in die Hotellobby und machte sich auf die Suche nach dem Frühstücksraum. Als er ein Hinweisschild entdeckte, sah er bereits eine Menschenschlange vor dem Eingang. »Nicht schon wieder«, dachte Bergmann und stellte sich leicht gestresst an. Als er an der Reihe war, wurde er mit folgendem Hinweis in einen Nebenraum geschickt: »Unser Frühstücksraum ist temporär ausgebucht. Wir haben aber noch Platz in unserem Konferenzraum.« Frühstück im Konferenzraum? Mal was anderes, dachte Bergmann und ging in den Nebenraum. Hier befand sich tatsächlich ein schnöder Konferenzraum vollgestopft mit anderen Gästen, schlechter Luft, anscheinend ganz ohne Klimaanlage, und zusätzlich ein nervtötender Soundteppich durch dutzende schreiende Kinder mit ihren Familien und Geschirrgeklapper an allen Ecken und Enden.

Das Frühstück war lieblos auf einigen Konferenztischen abgestellt und erinnerte eher an Kantine oder an ein schnell zusammengezimmertes Essen bei einem Dorfrichtfest, wenn die Schwiegermutter ein paar Häppchen für Familie und Gäste geschmiert hatte. Bergmann konnte es nicht fassen, dass dieses Hotel anscheinend noch weitere unvergessene Erlebnisse für ihn bereithielt. Doch er wollte sich diese Woche auf sein Seminar konzentrieren und nahm daher kommentarlos an einem der letzten freien Tisch Platz. Was ihn dann doch positiv überraschte, war die Tatsache, dass ein freundlicher Angestellter ihm Kaffee an den Platz brachte. Der Angestellte schien mit seinem Blick zu sagen, dass er die ganze Frühstückssituation auch nicht gutheißen konnte, und der Kaffee quasi eine unausgesprochene Entschuldigung darstellte. Bergmann lächelte dankbar zurück, holte sich ein paar Früchte und die letzten Krumen vom fast leergefegten Büfett, trank seinen erstaunlich gut schmeckenden Kaffee und verließ das Frühstück bereits wieder nach einer Viertelstunde. Das waren doch mal gut angelegte 38 Euro, dachte er und ging zu seinem Zimmer, um seine Unterlagen für das Seminar zu holen.

Es sollte an diesem Tag über 30 Grad heiß werden, da konnte man sich nur auf einen kühlen und abgedunkelten Seminarraum freuen. Und damit er nicht völlig verschwitzt ankam, nahm Bergmann die S-Bahn zum Seminarort, einem modernen Glaskasten am Hafen in zweiter Reihe zur Elbe und hoffentlich mit Elbblick aus dem Veranstaltungsraum.

Wie sich herausstellte, lagen die Räumlichkeiten jedoch leider nur im zweiten Stockwerk, so dass der Ausblick an einem unscheinbaren Gebäude gegenüber der Straße hängen blieb. Bergmann stockte der Atem, als er in den Flur des Veranstaltungsortes trat. Hier herrschten mindestens 40 Grad plus, dachte er, und sein Herz fing ordentlich an zu pumpen. Jetzt bloß keine Panikattacke, dachte er, atme ganz ruhig weiter, es wird bestimmt gleich kühler! Wurde es aber nicht, denn der Seminarraum bestand auf einer Seite komplett aus Fensterfläche, auf die auch noch die Vormittagssonne erbarmungslos niederbrannte. Es gab zwar Jalousien, die waren aber nur auf einem Teil der Fläche heruntergelassen. Das klärt sich bestimmt gleich, versuche dich zu beruhigen. Konzentriere dich endlich auf die anderen Teilnehmer und den Seminarleiter, schimpfte er innerlich mit sich selbst. Bis jetzt war Bergmann nämlich so sehr mit den äußeren Hitzeumständen beschäftigt gewesen, dass er sich noch gar nicht wirklich umgeschaut hatte. Der Raum war groß und durch die riesige Fensterfront natürlich extrem hell, es standen 15-20 Stühle im Halbkreis vor einer kleinen Bühne, die zudem mit allem Möglichen ausgestattet war: Rednerpult, Beamer und Leinwand, Flipcharts und weiteren Dingen, die sich in großen Taschen im Hintergrund befanden. Es waren circa zehn Personen mit ihm im Raum oder im Vorraum, in dem auch ein kleines Getränkebüfett aufgebaut war. Dann mal was trinken, ermunterte er sich und ging in den Vorraum.

»Tach, ich bin der Manfred«, sagte plötzlich eine Stimme zu seiner rechten. Bergmann drehte sich um und blickte in die Dackelaugen eines etwas übergewichtigen Mannes im fortgeschrittenen Alter (sicher über 55). »Warst du schon öfter hier? Ich kenne dich gar nicht«, sagte die Stimme weiter. Das ist bestimmt der Seminarleiter, dachte Bergmann und stellte sich vor: »Mats Bergmann aus Schönhausen. Ich bin das erste Mal hier. Und du bist, Sie sind der Seminarleiter?« Der Mann namens Manfred lachte und antwortete: »Nee. Ich bin auch ein Teilnehmer. Dies ist bereits mein viertes Seminar in diesem Jahr. Wird dir gefallen. Die sind tooootal gut hier. Und wenn du einmal hier warst, kommst du immer wieder.«

Bergmann schaute verwundert. Warum sollte er bloß mehrmals hierherkommen? Wenn er erstmal Redner wäre, dann müsste er doch keine weiteren Seminare besuchen? Bergmann versuchte eine passende Antwort zu finden, doch der Mann namens Manfred hatte sich bereits weggedreht und stürmte laut lachend auf eine junge Dame zu, die hier anscheinend zu arbeiten schien, da sie einen Stapel Papierunterlagen auf einem Tisch bereitlegte, ein Namensschild am Revers trug und einige Personen begrüßte, die gerade den Flur betraten. »Hallo Hannah. Ich bin auch wieder dabei!«, polterte der Mann namens Manfred, und die Frau mit dem Namen Hannah verzog ein wenig angestrengt das Gesicht, bevor sie Manfred begrüßte und dabei versuchte möglichst freundlich zu schauen. Doch Manfred schien nichts zu bemerken und war bereits auf dem Weg zu seinem nächsten Opfer.

[26] Nach ein wenig Smalltalk mit anderen Teilnehmern wurde es Zeit für den Start des Seminars. Hannah bat alle in den Seminarraum, man sollte sich einen Platz seiner Wahl suchen und sich eine dicke Mappe mit seinem Namen aus der Raummitte mitnehmen. Nachdem sich alle hingesetzt hatten, schaute sich Bergmann vorsichtig um. Es waren 16 Frauen und Männer im Raum, die Altersstruktur begann bei Mitte 20, so schätzte Bergmann, und endete bei Mitte/Ende 60, oder die Menschen sahen einfach älter aus als sie waren. Was macht man denn in dem Alter noch als Redner, überlegte Bergmann, bis ihm mit Schrecken auffiel, dass er mit seinem Alter

auch bereits zu den Älteren hier im Raum gehörte. Unter den Anwesenden waren neun Männer und sieben Frauen. Damit war zumindest eine ungefähre Gleichheit der Geschlechter gegeben, dachte Bergmann, als am anderen Ende des Raumes ein weiterer Gast den Raum betrat. Der Mann wirkte wie Ende 30 bis Anfang 40, trug bei der Hitze einen dunkelblauen Anzug mit Weste und Krawatte. Die Haare waren für so einen Anzugtypen zu lang, gingen über den Hemdkragen hinaus und waren mit zu viel Haargel schmierig und glänzend nach hinten gekämmt. »Der kommt wohl direkt von einer Vorstandsitzung aus seiner Bank und will nun noch schnell Redner werden«, überlegte Bergmann und schmunzelte vor sich hin.

Doch der Mann setzte sich nicht zu der Gruppe, sondern ging nach vorne auf die kleine erhöhte Bühne und begrüßte die Gruppe als Seminarleiter Frank Mettmann. »Ihr könnt mich natürlich Frank oder auch Franky nennen. Denn die nächsten Tage sind wir eine eingeschworene Gemeinschaft. Und da duzt man sich natürlich. Wir werden zusammen kämpfen, wir werden zusammen schreien, und wir werden zusammen gewinnen! Ihr schafft das! YOU ARE GREAT!« Einige Teilnehmer schauten sich ein wenig ratlos an, nur der Mann namens Manfred schien hellauf begeistert zu sein. Bergmann schluckte: Was war das denn? Wo war er denn hier hingeraten? Der Beginn wirkte fast wie der Auftakt einer Verkaufsveranstaltung einer Versicherungsgruppe oder die Verkaufsshow eines windigen Motivationstrainers. Dabei hatte sich Bergmann erhofft, dass er in einer seriösen Veranstaltung zum Redner ausgebildet werden würde. Und nun das?

Der Seminarleiter benahm sich wie ein HB-Männchen auf Drogen, er rannte und sprang über die Bühne, redete ohne Unterlass, fuchtelte ständig mit den Armen herum und schwitzte kein bisschen. Das war es, was Bergmann am meisten nervte. Er dagegen saß auf seinem Stuhl, die Sonne brannte ihm von schräg hinten auf den Rücken, und der Schweiß lief ihm langsam den Rücken herunter. Er bekam Angst, dass sein Herz die Strapazen nicht mitmachen würde – er dürfte sich nicht zu sehr aufregen, jetzt nur nicht vor lauter Hitze und Stress kollabieren. Schließlich war er hier, um ein professioneller Redner zu werden. Da sollte er sich von den äußeren Umständen nicht so sehr beeinflussen lassen. War aber leichter gesagt als getan, zumal ihr Seminarleiter weiter die Animationsfigur eines schlechten Clubhotels spielte. »Noch ein paar Orga-Dinge vorweg, Leute. Die Klimaanlage ist heute ausgefallen, da soll aber morgen oder übermorgen der Klimatechniker kommen. Aber wir machen inzwischen hier weiter, sure – no problem – ein paar coole Ideen und erfrischende Auftritte von euch und schon merkt keiner was von der ausgefallenen Klima. Die Jalousien kann ich nicht weiter schließen, da scheint es auch einen kleinen Defekt zu geben. Aber anyway, es geht hier um euch und eure großartigen Rednerauftritte. Da steigen wir gleich mit ein. Let's go!« Frank Mettmann schien komplett in seinem Element zu sein und der Mann namens Manfred, der neben Bergmann saß, wippte schon ganz aufgeregt auf seinem Stuhl. »Vorstellungsrunde! You are the star«, schallte es vom Seminarleiter durch den Raum. In den kommenden zwei Stunden musste jeder auf die Bühne und eine kurze persönliche Vorstellung geben. »Zeigt, was in euch steckt. Begeistert uns, reißt uns vom Hocker! Don't be shy«, so lautete die Anleitung zu dieser Übung. Oh Gott, dachte Bergmann wieder. Das ist mir einfach zu extrovertiert. Doch nun musste er da wohl durch.

Die Vorstellungsrunde war dann wider Erwarten recht interessant und teilweise amüsant. Es gab witzige Vorstellungen von einzelnen Leuten, die ungewöhnliche und auch spannende Dinge von sich berichteten. Es gab allerdings auch Leute, die nicht wirklich für die Bühne geeignet schienen. Und es gab da den Mann namens Manfred. Manfred tat ihm jetzt schon ein wenig leid, denn er bettelte so sehr nach Aufmerksamkeit, dass sein Vortrag komplett verkrampft und wirr wirkte. Doch der Seminarleiter schien zufrieden. Er gab ein wohlwollendes Feedback – was sollte er auch anderes sagen. Wenn jemand solche Kurse mehrmals im Jahr buchte, da konnte man einem gut zahlenden Kunden wohl kaum seine eigene Unfähigkeit vor Augen halten. Und wie machte Bergmann sich auf der Bühne? Er versuchte, sich natürlich und locker zu geben und sich nicht komplett vom Gehampel des Seminarleiters mit Daumen hoch und anderen Motivationsgesten verwirren zu lassen. Aber ganz gelang ihm das nicht. »Komm' noch mehr aus dir heraus, Mats. Zeige uns mehr von dir! Weiter so, you are the one!«, war der Kommentar, der ihm im Kopf blieb. War das etwas, was ihn für die Zukunft weiterbrachte? Bergmann war sich da nicht sicher.

[27] Der Nachmittag verging relativ schnell. Die Temperaturen im Raum schienen zum Abend hin jedoch weiter gestiegen zu sein. Bergmann fühlte sich kaputt, müde und verschwitzt, als die Gruppe um 19 Uhr endlich Schluss machte. Sein Herz pumpte ordentlich, und Bergmann versuchte es auf die klimatischen Bedingungen zu schieben und nicht auf ein aufkommendes Herzproblem. Nach Seminarende war Manfred verzweifelt auf der Suche

nach Mitstreitern, damit die gesamte Gruppe noch einen Absacker (Begriff Manfred) in der Stadt nehmen würde. Doch an diesem Abend schienen alle recht erschlagen von der Dynamik des Seminarleiters, der Hitze im Seminarraum oder einfach von der ungewohnten Fülle an Eindrücken des ersten Seminartages.

Bergmann war absolut erledigt, er schleppte sich in die S-Bahn, ging das letzte Stück zu Fuß zurück ins Hotel und wollte nach einem kühlen Bier an der Hotelbar nur noch ins Bett kippen und sich ausruhen. Hoffentlich wäre er die kommenden Tage aufnahmefähiger. Er setzte sich an den Bartresen, bestellte ein Bier (zu viel trinken wollte er natürlich nicht – wer weiß, wie die Wechselwirkungen mit seinen Medikamenten wären) und war froh, dass er ganz allein in der Bar war. Heute Abend hatte er keine Lust mehr auf Gespräche und Smalltalk. Er schaute sich in der Bar um, war nicht sonderlich beeindruckt bezüglich der architektonischen Gestaltung, die sich hauptsächlich in Richtung hanseatisch zurückhaltend mit dunkleren Farben und unaufgeregter Inneneinrichtung bewegte. Er merkte bereits die Wirkung des Alkohols, oder zumindest bildete er sich das ein. Er wurde etwas ruhiger, die kühle Luft der Klimaanlage in der Bar tat ihm gut, und daher bestellte Bergmann ein zweites kühles Bier.

Er ließ den Tag in Gedanken Revue passieren. Die anderen Teilnehmer waren größtenteils recht nett und sympathisch, aber dieser eitle Gockel als Seminarleiter machte Bergmann das Leben echt schwer. Der war für ihn so anstrengend und demotivierend, dass er sich Sorgen machte, ob er die gesamte Woche durchhalten würde. Andererseits konnte er bei dem horrenden Seminarpreis kaum nach einem Tag abreisen und das Seminar Seminar sein lassen. Bergmann versank in Träumereien, wie es wohl wäre, wenn er bereits als gefeierter Redner weltweit unterwegs wäre und gefeierte Vorträge halten würde. Das wäre so richtig nach seinem Geschmack. Er ließ sich vom Barpersonal noch ein Bier geben, das sollte wohl noch gehen. Er träumte weiter vor sich hin und sah nur aus den Augenwinkeln, dass sich am anderen Ende der Theke ein weiterer Gast niederließ. Aber Bergmann war nicht an Gesellschaft interessiert, er wollte nur noch sein Bier zu Ende trinken und dann schnell in sein Zimmer, um sich vor dem morgigen Tag entsprechend auszuruhen und früh schlafen zu gehen. Daher beachtete er den ankommenden Gast nicht weiter. Bergmann versank immer weiter in seine Träumereien, er gefiel sich als künftiger Rednerstar, der in den besten Hotels wohnte und gut von seinem neuen Job leben konnte. »Ein Bier geht bestimmt noch«, dachte Bergmann und gab seine Bestellung auf. Er fühlte sich zwar vollkommen erledigt vom Tag aber auch beschwingt und froh, was allerdings nicht zuletzt am Bierkonsum lag, doch es gefiel ihm, dass er mal wieder in eine unbeschwerte Stimmung verfiel, in der alles gut und leicht erschien und er sich jede Zukunft für sich vorstellen konnte. Im Hintergrund hörte er den zweiten Gast an der Bar etwas vor sich hin nuscheln, aber er beachtete das Gerede nicht weiter und träumte sich in seine eigene Welt hinein. Nachdem er auch das letzte Bier geleert hatte, merkte Bergmann, dass er dringend auf sein Zimmer musste, sonst würde er gar nicht mehr vom Hocker hochkommen und würde hier am Tresen direkt einschlafen. Er ließ sich die Rechnung aufs Zimmer schreiben, stand mühsam auf und musste sich kurz am Tresen festhalten. Ihm war ein wenig schummerig zumute. »Zeit fürs Bett«, dachte Bergmann, ging an dem anderen Gast vorbei, der ihm kurz ein: »Keine Panik junger Mann, ich schmeiß' noch ne Runde Eierlikör, da is' noch Platz für mehr Rock 'n' Roll« entgegenwarf. Doch Bergmann hörte nicht mehr wirklich zu, sonst wäre ihm die Begegnung mit einem deutschen Rockstar nicht entgangen. Er antwortete nur ein kurzes: »Lass' gut sein. Ich muss in mein Zimmer!« Und so endete die Begegnung, bevor sie überhaupt begonnen hatte.

Bergmann fuhr mit dem Fahrstuhl auf seine Etage und torkelte ein wenig die Hotelflure entlang, um zu seinem Zimmer zu gelangen. Als er kurz vor seinem Zimmer ankam, lief ihm eine etwas verwirrt wirkende Frau im Nachthemd den Flur entgegen. »Ich muss dringend schlafen«, dachte Bergmann, »jetzt sehe ich schon Schlafwandlerinnen auf dem Flur«. Die Frau wirkte peinlich berührt, als sie sich begegneten und sagte: »Ich habe mich aus meinem Zimmer ausgesperrt und muss mir einen neuen Schlüssel holen. Wo ist denn die Rezeption?«

»Da entlang und am Ende ist der Aufzug«, antwortete Bergmann leicht amüsiert und zeigte den Gang hinunter. Die Frau hatte es auch nicht leicht. Wenn er sich vorstellte, wie sie gleich mit dem Fahrstuhl nach unten in die Lobby fahren müsste, um sich im Nachthemd an die Rezeption zu wenden. Und wenn jetzt noch beiden klar wäre, dass ein gewisser Musiker weiterhin an der Theke saß und die Lobby im Blick behielt, um doch noch einen Gast zum Eierlikör überreden zu können. »Viel Erfolg!«, gab Bergmann ihr schwankend mit auf den Weg.

[28] Irgendein undefinierbares Geräusch weckte Bergmann am nächsten Morgen. Er konnte es nicht richtig erkennen, es war ein immer wiederkehrendes Getrappel und Geratsche, das sich aber nicht richtig zuordnen ließ, und so sackte er immer wieder in einen leichten Schlaf, während er über die Lärmquelle nachdachte. Nach einiger Zeit wachte er endgültig auf, jetzt war ihm endlich eingefallen, was das für ein Geräusch von draußen war. Als er am Abend in sein Zimmer gewankt war, hatte er sein Fenster zum Innenhof aufgerissen, weil im Zimmer recht stickige Luft herrschte. Danach war er erschöpft und noch komplett angezogen aufs Bett gefallen. Eigentlich hatte er sich nur kurz ausruhen wollen, doch dann musste er direkt eingeschlafen sein – und nun weckte ihn das Gurren irgendwelcher Tauben, die sich im Innenhof oder auf dem Dach des Hotels aufhielten. Er schaute blinzend auf seinen Wecker: 10:30 Uhr! Oh verdammt, dachte Bergmann, er hatte ausgiebig verschlafen, und er hätte schon seit zwei Stunden im Seminar sein müssen. Hektisch sprang er aus dem Bett, um sich sofort am Bett abzustützen, da ihm fürchterlich schwindelig und leicht übel wurde. Er musste sich nochmal aufs Bett setzen und ein paar Mal tief durchatmen. Dabei fielen ihm die Erlebnisse des gestrigen Abends wieder ein, sein Ausflug an die Bar, seine vier oder fünf Bier, die doch etwas zu viel waren. Und dann war da noch diese Schlafwandlerin? Wenn er jetzt so darüber nachdachte, hätte er der Frau womöglich gleich seine Hilfe anbieten müssen, statt sie allein im Nachthemd zur Rezeption gehen zu lassen. Er hätte von seinem Zimmer aus an der Rezeption anrufen sollen, um jemandem mit einem neu codierten Schlüssel zum Zimmer der Frau zu schicken. Aber in seinem erschöpften und biergetränkten Hirn war ihm diese naheliegende Idee leider nicht gekommen.

Er konnte nur hoffen, dass der Frau unkompliziert geholfen wurde und sie diese peinliche Situation schnell hinter sich gebracht hatte.

Jetzt allerdings hatte er andere Herausforderungen zu meistern. Er musste sich beeilen, schnell duschen und anziehen und dann ohne Frühstück zum Seminar. Klasse Idee, dass ich für das Frühstück schon bei der Buchung bezahlt habe, dachte Bergmann. Allerdings war ihm die Lust auf ein Frühstück im Konferenzraum sowieso vergangen, und um diese Zeit gab es wahrscheinlich auch nichts mehr. Sollte er heute vielleicht den Seminartag komplett ausfallen lassen? Die Versuchung war groß, doch zum Schluss siegte sein Pflichtbewusstsein und seine Überlegung darüber, ob er denn das blöde Zertifikat auch mit einem Fehltag bekommen würde. Also machte er sich hungrig und mit Kopfschmerzen auf den Weg zur S-Bahn. Heute Abend würde es auf jeden Fall kein Feierabendbier geben, das stand für Bergmann fest.

[29] Die kommenden Seminartage blieben anstrengend – ihr Seminarleiter agierte für Bergmann weiterhin extrem nervig und übermotiviert und verlor unglücklicherweise kein Stück seines Energielevels. Die Klimaanlage blieb für die gesamte Woche außer Betrieb, warum auch immer, denn ein Techniker war zur Begutachtung gekommen, aber danach passierte weiter nichts. Währenddessen erzielte Hamburg die höchsten Temperaturen der letzten 100 Jahre und Bergmann zerfloss in seinem Schweiß und teilweise auch in seinem Selbstmitleid.

Als sich zum Freitag endlich das Ende des Seminars näherte, war er körperlich und auch psychisch gänzlich erschöpft und fühlte sich leer und ausgelaugt. Er hatte kaum noch Energie übrig, um sich die letzten beiden Tage am Seminar zu beteiligen. Sie erlernten und erprobten zwar etliche Techniken, um als Redner auf der Bühne die Aufmerksamkeit des Zuhörers zu gewinnen und zu halten. Aber Bergmann fühlte sich nicht richtig wohl am Rednerpult, obwohl er die gestellten Aufgaben nach Meinung von Frank Mettmann gut bewältigt hatte und durchaus Ausbaupotential zeigte – was auch immer das nun wieder bedeuten sollte. Zum Glück hielt er schlussendlich sein Redner-Zertifikat in der Hand, das nach Aussage des Veranstalters überall offiziell anerkannt sei, und nun konnte er endlich durchstarten. Seine neue Karriere als Vortragsredner konnte beginnen, er wollte sich in der kommenden Woche bei einem ehemaligen Großkunden melden, um sich als Redner für eine Reihe von Sicherheitsfragen, die jener Konzern in den folgenden Wochen umsetzen wollte, anzubieten.

Am Morgen hatte er bereits aus dem Hotel ausgecheckt, und das Hotel und er wurden bis zum Ende seines Aufenthaltes keine Freunde mehr. Die letzten beiden Frühstücke hatte er dann doch eingenommen, wieder in dem Konferenzraum, auch wenn es nicht mehr ganz so voll und hektisch war. Wahrscheinlich gab es überhaupt keinen echten Frühstücksraum, spekulierte er kurz. Seine Gesamtrechnung mit der zusätzlichen königlichen Vergütung des Garagenplatzes und der Barrechnung ließ Bergmann kurz wanken und zaudern, doch nun war es auch dafür zu spät, und er versuchte sich beim Check-out nichts anmerken zu lassen. Immer ganz weltmännisch und souverän bleiben, dachte er angestrengt. Obwohl es auch vollkommen egal gewesen wäre, was der Rezeptionist zu seiner Reaktion gesagt hätte, denn in diesem Hotel war Bergmann definitiv das letzte Mal als Gast gewesen.

Die Verabschiedung von seinen anderen Kursteilnehmern verlief herzlich und teilweise fast freundschaftlich. Manfred verabschiedete sich von allen äußerst überschwänglich und fragte tatsächlich jeden, ob sie sich denn im Herbst beim nächsten Seminar wiedersehen würden, was Bergmann selbstverständlich nicht vorhatte. »Ich habe mich jedenfalls gleich für Herbst wieder angemeldet«, verkündete Manfred stolz. Vielleicht ist das sein Job – sein Lebensinhalt: Seminare besuchen und Leute kennenlernen. »Doch wovon lebte Manfred dann«, überlegte Bergmann. Denn nach eigenen Angaben war er bereits als Redner selbständig und erfolgreich.

Natürlich hatten alle das Zertifikat überreicht bekommen, aber vorher mussten alle einen letzten Rednerauftritt mit einem am Vortag zufällig gestellten Thema und einer Zeitvorgabe von 15 Minuten absolvieren. Bergmann hatte über die Thematik »Ist das Silicon Valley noch zu retten?« referiert; ein Thema, das zu seiner bisherigen Laufbahn im IT- und Tech-Bereich ganz gut passte, dementsprechend stellte er auch einige spannende Thesen auf, wie er an den Reaktionen der Kursteilnehmer zu bemerken meinte. »Jetzt hast du den richtigen Werkzeugkoffer gefunden und wirst immer besser! Go for it!«, lobte ihn Frank Mettmann zum Schluss. Bergmann dachte nur irritiert: »Was denn für ein Werkzeugkoffer? Bin ich Handwerker, oder was?!«, nickte aber lieber nur.

[30] Bergmann brauchte einige Tage, um sich einigermaßen zu erholen und wieder wohler zu fühlen. Die Hitze der Tage in Hamburg, das straffe Seminarprogramm und die ständige Konzentration auf die gestellten Aufgaben hatten ihn doch einigermaßen gefordert

und erschöpft. Und eventuell lag es auch daran, dass er sich immer noch nicht zutraute, sich körperlich und eventuell auch geistig voll zu fordern. Da gäbe es tendenziell sicher Steigerungspotential!

Als er am letzten Freitag nach Hause gekommen war, fand er einen Brief seiner Hausbank vor mit der Bitte um Rückruf zwecks eines dringenden Kundengespräches zur Deckung seines Kontos. Was war denn da los, eigentlich sollte doch noch genügend Geld auf seinem Konto sein, überlegte Bergmann. Er hatte natürlich das Seminar bezahlen müssen, und nun käme noch die wirklich abstrus hohe Hotelrechnung hinzu, aber die könnte noch nicht gebucht sein, da er vorsorglich schon seine Kreditkarte dafür benutzt hatte, und die wurde erst später auf seinem Konto belastet. Also gab es ein anderes Problem – Bergmann fühlte sich leicht niedergeschlagen, er hätte schon längst bei seiner Kundenberaterin zurückrufen sollen, aber ihm fehlte der Antrieb dazu. Banken und Krankenhäuser waren nicht so seine Welt, es gab dort zu viel Fremdbestimmtes, und die ganze Mentalität der Bankenwelt war nicht so seine. Er bekam schon Beklemmungen, wenn er nur in seine Bankfiliale ging, um Geld zu holen und er dort die armen Angestellten sah, die in Anzug oder Business-Kleidchen am Schalter stehen mussten. Doch mit ignorieren ließ sich das Problem nicht regeln, da blieb ihm nichts anderes übrig als das Telefon zur Hand zu nehmen. Bergmann musste einige Minuten in der Warteschleife warten, bis sich endlich jemand meldete.

»Frau Lorenz ist heute in den Urlaub gegangen. Sie kommt erst in 3 Wochen wieder. Kann ich Ihnen weiterhelfen?«, sagte eine junge Männerstimme. »Ich habe einen Brief von Frau Lorenz bekommen und sollte mich melden.« Bergmann fühlte sich wie ein kleiner Junge, der zum Schulrektor gerufen wurde, weil er etwas ausgefressen hatte.

»Sagen Sie mir bitte Ihre Kontoverbindung.« Nachdem Bergmann die gewünschte Information durchgegeben hatte, konnte er über eine längere Zeit nur das Getippe auf einer Computertastatur hören. »Ah jaaa, aha. Ich sehe schon. Ja, da müssen Sie wirklich vorbeischauen. Da müssen wir sprechen«, gab der Bankmann von sich.

»Das geht nicht am Telefon.«

»Wo liegt denn das Problem?«, wollte Bergmann in Erfahrung bringen und fühlte sich schlecht und genervt. Er wurde hier wie ein kleines Kind behandelt, dem man nicht sagte, was los war. Das Getue und die Heimlichkeit gingen ihm schon mächtig auf die Nerven.

»Das kann ich Ihnen leider nicht am Telefon sagen. Könnten Sie morgen um 9 Uhr vorbeikommen?«

»Wenn ich denn wüsste, was so wichtig ist ...«

»Das erzähle ich Ihnen dann sehr gerne. Aber wir müssen das persönlich besprechen.« Bergmann war zunehmend genervt und beunruhigt, doch er sah ein, dass er hier nicht weiterkam.

»Ist in Ordnung. Ich bin morgen um 9 Uhr bei Ihnen. Wie ist denn Ihr Name?«

»Von Hasenfuss. Sebastian von Hasenfuss. Sie finden mich im 3. Stock. Melden Sie sich einfach am Empfang.«

Von Hasenfuss? Im Ernst? Was war das denn für ein schrecklicher Name. Der Mann tat ihm sofort leid, der hatte bestimmt keine leichte Kindheit gehabt. Mit dem Namen war er bestimmt ständig von seinen Mitschülern gemobbt worden.

Bergmann überlegte sich den Rest des Tages, was die Bank bloß von ihm wollte, denn außer der Seminarrechnung hatte er doch keine großen Ausgaben gehabt, oder? Ihm blieb nichts anderes übrig, als auf den Termin zu warten und sich nicht schon vorher aufzuregen. Bestimmt war es nur eine Kleinigkeit.

[31] Pünktlich um 9 Uhr stand Bergmann am nächsten Morgen in der Bank und wartete, dass ihn Herr von Hasenfuss abholen würde. Der Name machte ihn immer noch fassungslos, er hoffte, er würde nicht die gesamte Zeit grinsen müssen. Nach kurzer Zeit kam ein junger Mann im Anzug auf ihn zu – groß und schlank, gegelte Haare und ein Gehabe, als wenn er der Bankdirektor persönlich wäre. Er sah jung aus, sehr jung sogar, eher wie 16 oder 17, was sein Gehabe umso peinlicher machte. Und der wollte ihm erzählen, was er mit seinem Geld machen sollte? »Bleib ruhig«, dachte Bergmann und gab ihm die Hand. Der Bankberater hielt ihm eine schlaff gedrückte und feucht anfühlende Hand entgegen. Dabei mied er den direkten Blickkontakt und schaute leicht schräg an Bergmann vorbei.

»Ja, schön, dass Sie da sind. Kommen Sie bitte mit.«

Sie gingen einen Bürotrakt entlang, bevor sie in einen Besprechungsraum ohne Fenster abbogen. »Auch das noch«, dachte Bergmann, ein Raum ohne Fenster erzeugte bei ihm schnell Platzängste. Der Bankberater wühlte in einigen Unterlagen auf dem Besprechungstisch herum, öffnete seinen Laptop, der dort bereits lag und tippte einige Zeit auf der Tastatur herum, ohne auch nur ein Wort zu sagen.

»Und Sie sind die Vertretung für Frau Lorenz?«, wollte Bergmann nun doch wissen. Vielleicht war das nur der Praktikant, und der echte Berater käme noch hinzu. *HvH* (wie Bergmann Herrn von Hasenfuss für sich bezeichnet hatte) antwortete nicht, las in seinen Unterlagen, schaute kurz auf, ohne Bergmann direkt anzuschauen.

»Ja, wir haben ein Problem. Das Konto ist nicht ausreichend gedeckt. So geht es nicht weiter.« Bergmann schaute erstaunt und verwundert über diese dilettantische Gesprächseröffnung.

»Vielleicht erzählen Sie mir erstmal, worum es eigentlich geht«, antwortete er entnervt.

»Ja, ja, wir haben da ein Problem. Das Konto muss gedeckt sein, so geht es nicht«, war der einzige Kommentar, der von seinem Gegenüber kam, während er wieder in seinen Unterlagen wühlte.

»Ich verstehe immer noch nicht, worum es eigentlich geht. Können Sie mir das bitte mal ausführlich erklären und zeigen«, versuchte es Bergmann nochmal.

Der Bankberater schien gar nicht richtig zuzuhören und antwortete auch nicht mehr, sondern wühlte immer noch in seinen Unterlagen herum. Was ist denn bloß mit dem, und arbeitet der hier überhaupt, dachte Bergmann und fühlte sich zugleich hilflos und ratlos, wie er die Situation retten könnte.

»Also, ich versuche es nochmal«, fing er an. »Ich habe diesen Brief bekommen, dass ich mich bezüglich eines Gespräches melden möge. Mehr weiß ich nicht! Ich habe KEINE Informationen!«, Bergmann wurde nun leicht lauter, es reichte ihm so langsam. Doch sein Gegenüber schien nach wie vor überhaupt nicht zuzuhören und reagierte in keiner Weise. Bergmann wurde es zu viel, er stand auf und sagte: »Ich möchte Ihren Vorgesetzten sprechen. So mache ich hier nicht weiter.«

»Ja, ja, wir müssen das Problem noch lösen, das Konto muss gedeckt sein«, fing der Bankberater wieder an, nahm aber den Telefonhörer in die Hand und wählte eine Nummer. »Ja, ja, Frau Krautmöller, können Sie einmal kommen.« Dann ließ sich das alles vielleicht doch noch klären, dachte Bergmann und wartete ab.

Nach einigen Minuten kam eine freundlich dreinschauende Frau mittleren Alters in den Besprechungsraum.

»Was gibt es denn, Herr von Hasenfuss?«

»Ja, ja, das Konto muss gedeckt sein. Wir haben da ein Problem.«

»Mein Name ist Krautmöller, guten Tag. Das muss ich mir erst einmal in Ruhe anschauen. Können wir einen neuen Termin vereinbaren?«, sagte Frau Krautmöller an Bergmann gewandt.

»Ich weiß ja noch nicht einmal, worum es hier eigentlich geht. Können Sie mir das bitte einfach erklären. Ich habe einen Brief bekommen, dass ich mich melden sollte. Mehr weiß ich nicht!« Bergmann tobte innerlich, und er spürte sein Herz schlagen.

»Ich schaue mir das an. Ich melde mich bei Ihnen«, sagte Frau Krautmöller, während ihr Kollege immer noch am Besprechungstisch saß und in seinen Unterlagen wühlte. Was in Gottes Namen sucht der denn bloß? Bergmann verabschiedete sich von Frau Krautmöller, den Kollegen beachtete er nicht weiter – nun war auch mal Schluss!

[32] Das Erlebnis mit seiner Bank hatte ihn noch lange beschäftigt, am nächsten Abend hatte er sich mit Heiner getroffen und ihm von seinen Erlebnissen erzählt. Der schmunzelte nur und sagte, dass

könne auch nur ihm passieren. »Was ist denn dann aus der Bankgeschichte geworden?«, wollte Heiner wissen.

»Das war natürlich komplett falscher Alarm. Es stellte sich heraus, dass *HvH* an Diabetes leidet und während seiner Arbeitszeit öfter komplett unterzuckert ist. Dadurch sind ihm alle möglichen Fehler unterlaufen. Meine echte Bankberaterin, die zurzeit im Urlaub ist, wollte mit mir zwar über die Deckung meines Girokontos sprechen, aber da ging es nur darum, dass ich einen Betrag von meinem Kapitalkonto auflösen sollte. Und da sie das nicht ohne meine Zustimmung machen konnte, sah *HvH* inzwischen nur die fehlende Kontodeckung und geriet wohl in Panik oder was auch immer. Auf jeden Fall haben die mich von der Bank gleich am Nachmittag angerufen, haben sich entschuldigt, und wir haben alles telefonisch geregelt, bzw. ich habe das dann online geändert. Ich habe die letzten Wochen zwar ziemlich viel Kohle auf den Kopf gehauen, aber es ist alles geklärt«, erzählte Bergmann die ganze Geschichte.

»Auf jeden Fall hat das meine Vorurteile gegenüber Banken wieder bestätigt. Ich bin froh, wenn die mich einfach in Ruhe lassen.«

»Was hast du denn jetzt weiter vor? Steht dein Plan?«, wollte Heiner anschließend wissen.

»Jo! Ich habe mit dem Chef einer meiner früheren Kunden von Firma *Intelligence Force* geredet. Die veranstalten demnächst die IT-Sicherheitstage auf einem Kongress in Warnemünde. Und ich konnte den Chef überzeugen, dass ich dort einen zweistündigen Vortrag halten kann.«

»Das ist ja perfekt! Das ist doch genau der Einstieg, den du dir gewünscht hattest«, freute sich Heiner mit Bergmann.

»Wenn der gut läuft, bekommst du doch sicher Folgeaufträge«, Heiner war völlig aus dem Häuschen – er wünschte Bergmann nur das Beste und hatte schon lange gemerkt, dass sich sein Freund nicht mehr wohl in seinem alten Job fühlte.

»Das hoffe ich auch. Dann kann das Vortrags- und Reiseleben endlich beginnen«, grinste Bergmann, und sie prosteten sich vergnügt zu.

[33] Bergmann war spät dran, er war sogar richtig spät dran. Er wollte heute eigentlich rechtzeitig auf der Autobahn sein, damit er in Warnemünde noch genügend Zeit im Hotel hätte, um seinen Vortrag zum letzten Mal gründlich durchgehen zu können. Er war doch recht nervös vor seinem Auftritt, auch wenn er sich mit der Materie an sich gut auskannte. Doch er merkte immer wieder, dass er sich nach seinem Infarkt noch immer nicht so belastbar fühlte wie davor. Insofern hatte er auch ein wenig Angst, dass er während seines Vortrages einen Schwächeanfall oder Schlimmeres bekäme. »Aber das ist natürlich Blödsinn«, dachte Bergmann, »denn ich bin ja eigentlich wieder okay, und dann habe ich dafür ja meinen täglichen Medikamentencocktail«.

Beim Packen am Morgen bemerkte er allerdings, dass ihm eines seiner Medikamente ausgegangen war. Da lag nur noch die leere Packung im Küchenschrank – eigentlich sollte diese Packung eine Gedächtnisstütze für Bergmann gewesen sein. Aber da er die Packung im, statt auf dem Schrank hatte liegen lassen, hatte er vergessen, die Betablocker rechtzeitig nachzubestellen. Und das musste er nun heute Morgen ganz schnell erledigen, damit er noch einigermaßen rechtzeitig loskam. Er versuchte bereits seit über einer halben Stunde jemanden telefonisch in der Praxis zu erreichen, doch sofort sprang eine nervende Bandansage an, dass alle Leitungen belegt wären und die nächste Leitung für ihn reserviert sei. »Als wenn das schon jemals in einer Warteschlange funktioniert hätte«, dachte Bergmann gestresst, und musste sich weiter die plärrende Version irgendeines alten Popsongs anhören. Da er weiterhin niemand erreichen konnte, blieb ihm wohl nichts anderes übrig, als auch noch zu seinem Hausarzt zu gehen, sich ein neues Rezept ausschreiben zu lassen und das Medikament in der Apotheke abzuholen. Zum Glück war heute ein Wochentag, so dass Bergmanns Plan nicht daran scheiterte, dass die Praxis gar nicht geöffnet hätte. Denn er mochte sich nicht vorstellen, was er sich für Gedanken über die möglichen Konsequenzen des Fehlens des Betablockers gemacht hätte. Bergmann versuchte also, Ruhe zu bewahren, seinen Koffer zu Ende zu packen, seinen Vortragskoffer mit Laptop und weiteren Unterlagen zu kontrollieren und dann alle Dinge in seinem Auto zu verstauen, bevor er sich zu Fuß zur Praxis begab.

Als er um die Hausecke zu seiner Praxis bog, prallte er fast in den Kinderwagen einer dort wartenden Frau. Was war hier denn schon wieder los, dachte Bergmann angestrengt. Vor ihm standen mindestens sieben oder acht Leute, und direkt davor versperrte eine weitere Person die Tür zum Eingang und war in ein immer lauter werdendes Gespräch mit einem Mann mittleren Alters vertieft.

»Was ist denn hier passiert?«, fragte Bergmann die Mutter mit Kinderwagen vor sich.

»Die Frau da vorne scheint sich für die Leibwache des Arztes zu halten. Dabei soll sie doch nur schauen, dass nicht zu viele

Patienten auf einmal in die Praxis kommen. Aber bei Miss Security hier müssen Sie schon genau belegen, was Sie wollen und ob Sie auch wirklich keine Corona-Anzeichen haben«, antwortete die Frau schmunzelnd vor ihm.

»Sie sehen aber sehr gestresst aus. Soll ich Sie vorlassen?«, fuhr sie fort und schaute Bergmann besorgt an.

»Das hat mir heute gerade noch gefehlt«, murmelte er nur sich hin und schaute auf seine Armbanduhr. Er wollte seit mindestens einer Stunde unterwegs sein, und nun das hier.

Als er endlich an erster Stelle der Warteschlange stand, war er auf eine entsprechend nervenaufreibende Diskussion gefasst.

»Haben Sie einen Termin?«

»Nein, ich muss nur etwas abholen.«

»Rezepte abholen geht nur abends nach 17 Uhr.«

»Aber ich brauche jetzt ein neues Rezept.«

»Hätten Sie nicht vorher anrufen können?«

»Nein! Es ist mir erst heute Morgen aufgefallen, dass etwas fehlt. Außerdem war die Praxis telefonisch nicht erreichbar.«

»Rezepte können Sie aber nur abends abholen, wenn Sie vorher angerufen haben und die Rezepte ausgestellt sind.« Bergmann holte tief Luft und versuchte möglichst freundlich und auch ein wenig mitleidsvoll zu erklären, dass er schon längst auf Geschäftsreise sein müsste und nicht bis zum Abend warten könnte. Schließlich wurde er doch in die Praxis gelassen, aber nicht bevor er ausführlich das Nichtvorhandensein jeglicher Corona-Krankheitszeichen beteuert hatte. In der Praxis dauerte es dann eine weitere halbe Stunde, bis er sein Rezept endlich in den Händen hielt. Zu seinem Unglück hatte die Apotheke neben der Praxis inzwischen wegen

Mittagspause geschlossen. Apotheken machen Mittagspause, wunderte Bergmann sich, bevor er sich zur nächsten Apotheke aufmachte, die zehn Minuten Fußweg entfernt lag. Schließlich hatte er alles erledigt und konnte endlich losfahren, doch inzwischen war er über zwei Stunden später dran als geplant – er hasste es, wenn es nicht wie geplant lief und der Tag schon so hektisch begann. Wie soll ich bloß einen perfekten Vortrag halten, wenn ich mich jetzt schon komplett gestresst und ausgelaugt fühle, ging es ihm während der Autofahrt durch den Kopf. Dann musste eben doch der Abend für die Vorbereitung dran glauben, obwohl er sich da eigentlich ausruhen wollte.

Bergmann hatte sich ein schönes Hotel (so hoffte er jedenfalls) gleich neben der Firma gebucht, für die er morgen Vormittag den Vortrag halten sollte. Die öffentliche Tiefgarage, die auch von Hotelgästen mitbenutzt werden konnte, lag ebenfalls gleich nebenan, vielleicht 100 Meter vom Hotel entfernt. Also würde er direkt in die Garage fahren können, um dann im Hotel einzuchecken. Als er an den Schlagbaum vorfuhr, leuchte eine rote Anzeige direkt vor ihm auf: »Alle Parkplätze sind belegt. Hotelgäste wenden sich bitte direkt ans Hotel« Na toll, das hätte auch früher angezeigt werden können, dachte Bergmann und drückte vergeblich auf den Ticketknopf, es kam kein Ticket mehr heraus. Hinter ihm standen bereits weitere Fahrzeuge und drängelten darauf, dass er endlich sein Ticket zog und in die Garage fuhr, was natürlich nicht ging. Also blieb ihm nichts anderes übrig, als den Rückwärtsgang einzulegen, um irgendwie an der Fahrzeugschlange vorbeizukommen. Das Problem war nur, dass es nur eine Fahrspur gab und somit alle Fahrzeuge zurücksetzen mussten. Er schaute nach hinten, der Fahrer hinter ihm machte allerdings keine Anstalten seinen Wagen zu bewegen. Bergmann wartete weiter, dass endlich etwas passierte, doch die restlichen Autofahrer schienen wiederum auf ihn zu warten. Ein Fahrer weiter hinten fing sogar an zu hupen und aus dem Auto zu rufen, dass er endlich weiterfahren sollte. Bergmann reichte es, er stieg aus dem Auto aus, ging zu seinem Hintermann und erklärte die Situation, dass man nicht in die Parkgarage fahren könne. Es dauerte weitere nervenaufreibende Minuten, bis alle in der Warteschlange informiert waren, warum man nicht weiterkäme. Letztendlich mussten alle aus der engen Einfahrtsspur zurückzirkeln, Bergmann und zwei weitere Personen der Wartenden fuhren dann die kleine Sackgasse bis zum Hoteleingang und parkten ihre Fahrzeuge davor.

An der Rezeption zeigte man sich nicht sonderlich interessiert an den Unannehmlichkeiten der verzwickten Parksituation. Bergmann erhielt fast kommentarlos ein Parkticket für eine gesonderte Parketage. Das Bezahlen des Tickets musste er allerdings nach seinem Aufenthalt an einem gesonderten Bezahlautomaten in der Parkgarage vornehmen. »Da hat sich jemand richtig Mühe gegeben, um den Park- und Bezahlvorgang möglichst kompliziert und kundenunfreundlich zu gestalten«, dachte sich Bergmann und fuhr zum zweiten Mal an diesem Tag zur Parkgarage. Nachdem er seinen Wagen endlich abgestellt hatte und in seinem Zimmer angelangt war, war es bereits später Nachmittag. Bergmann hatte nicht mehr viel Zeit, um nochmal seinen Vortrag für morgen durchzugehen, aber anderseits hatte er bis jetzt auch noch keine Zeit gehabt, um richtig nervös vor seinem Auftritt zu werden.

[34] Der nächste Morgen begann früh, da er schlecht und wenig geschlafen hatte. Nachts um zwei Uhr war Bergmann unruhig aufgestanden, um seinen Vortrag grundlegend zu überarbeiten. Ihm fehlte der Spannungsbogen in seiner Erzählung, auch wenn es sich um einen Fachvortrag handelte. Aber hatte er nicht in seinem Seminar gelernt, dass es unbedingt einen Spannungsbogen erfordert? Er hatte einfach Angst davor, dass seine Zuhörerschaft nicht begeistert seinen Inhalten folgen würde, wenn er den Auftritt nicht annähernd spannend und interessant gestaltete. Aber dadurch, dass er jetzt den Inhalt nochmals umgebaut und neu geordnet hatte, fehlte ihm selbst ein wenig der Überblick über den Ablauf und damit die Sicherheit in seinem Vortrag, auch wenn er seine Präsentation natürlich ebenfalls angeglichen hatte. Ach, was sollte denn schon schief gehen, dachte er mitten in der Nacht, schließlich bin ich ja der Experte.

Er ging früh zum Frühstück, konnte aber nicht viel essen – zudem hatte er Angst, dass er sich zum Schluss noch sein weißes Hemd oder den Anzug mit Kaffee oder Marmelade verunglimpfen könnte. Ein Reservehemd oder einen zweiten Anzug hatte er tatsächlich in der Hektik vergessen, also musste er vorsichtig sein mit seinem bestehenden Outfit.

Eine Stunde vor Beginn der Veranstaltung machte Bergmann sich auf den Weg zur Firma um die Ecke des Hotels. Er hatte seine Laptoptasche dabei, eine Tasche mit allgemeinem Infomaterial und einen noch schnell produzierten Firmenaufsteller, um sich als kompetenter Vortragsredner besser darzustellen. Er war also schwer bepackt, war in seinen Gedanken weit weg, als er zu Fuß unterwegs war. Und dann passierte es: Bergmann stolperte über einen unebenen Fußweg und schlug nach vorne über. Da er so schwer bepackt war, konnte er sich nicht richtig abstützen und knallte mit beiden Knien direkt auf das Kopfsteinpflaster. Wenn er vorher noch nicht richtig wach gewesen wäre, nun war er es. Sein Herz schlug bis zum Hals, seine Taschen lagen verstreut auf dem Weg und seine Knie schmerzten.

Bergmann rappelte sich wieder auf, zum Glück war es ein trockener Morgen, so dass seine Anzughose nicht durchnässt worden war. Doch beim Ausklopfen der Hose stellte er fest, dass sie an beiden Knien zerrissen war! »Das kann doch wohl nicht wahr sein«, dachte er erschrocken. »So etwas ist mir ja noch nie passiert«. Er sammelte seine Taschen auf und schaute an sich herunter. Die Hose zeigte deutliche Risse und seine aufgescheuerten blutigen Knie waren durch die Risse zu erkennen! Das war nichts, was man einfach so ignorieren konnte oder was seinem Gegenüber nicht auffallen würde. Was sollte er nun bloß machen, überlegte Bergmann hektisch. Er hatte keinen zweiten Anzug dabei, er konnte doch aber auch nicht so zu seinem Kunden gehen. Aber was blieb ihm schon anderes übrig, die Zeit drängte, er musste schließlich rechtzeitig vor Ort sein, um sich einzurichten und kurz mit seinem Auftraggeber zu sprechen. Doch wie sah er bloß aus? Eben wie ein Anzugträger mit angeschlagenen Knien, die durch seine zerrissene Hose schauten! »Ganz toll«, dachte Bergmann, dann wird das jedenfalls ein unvergessener Auftritt und der Spannungsbogen wäre auf jeden Fall gegeben.

[35] Er saß an der Hotelbar und genehmigte sich bereits den zweiten Drink. Den hatte er auch dringend nötig, leider nicht als Belohnung oder Auszeichnung für einen erfolgreichen Tag, sondern als komplette Frustbewältigung. Er mochte gar nicht zurückdenken an den Vormittag – es war einfach zu peinlich und unprofessionell gewesen. Sein zerrissener Anzug hatte doch tatsächlich erst den Auftakt zu einem komplett verhauenen Vortrag geliefert. Nachdem Bergmann nach seinem Sturz mit höchstem Adrenalinspiegel und blutigen Knien im Seminarraum angekommen war, musste er seinem Auftraggeber natürlich erklären, warum er in diesem Aufzug oder besser gesagt Anzug seinen Vortrag halten musste. Und obwohl er meinte, eine launige Geschichte über sein Missgeschick erzählt zu haben, reagierte der Vorstandsvorsitzende Herr Theissen, ein distinguiert wirkender Mann mit grauem Haar und korrekt sitzendem Anzug, wenig amüsiert auf seine Erzählung. Es sah fast so aus, als ob er überlegen würde, den Vortrag kurzfristig abzusagen. Doch dann merkte er wohl, dass er die rund 50 Zuhörer, die sicher alles wichtige Kunden von Herrn Theissen waren, schlecht so kurzfristig nach Hause schicken konnte, ohne sein Gesicht zu verlieren. »Na, dann machen Sie mal. Aber nicht, dass Sie jetzt noch weitere Überraschungen parat haben. Ich habe hier ein paar sehr einflussreiche Geschäftsführer zu dieser Veranstaltung eingeladen. Also versauen Sie es nicht!«, grummelte Herr Theissen, bevor Bergmann sich zum Rednerpult begab, seinen Laptop anschloss und versuchte, sich innerlich noch einmal zu sammeln und sich auf seine Präsentation zu konzentrieren. Er startete seinen Vortrag mit einer lustigen und stimmungsvollen Erklärung für seinen angeschlagenen Zustand. Doch entweder war seine Zuhörerschaft immun gegen einen

lockeren Auftakt, oder sie hatten den Humor von Herrn Theissen übernommen. Ein Raum voller verständnisloser Minen starrte ihn an und reagierte mit ... nichts. Bergmann ließ sich durch diese Situation ziemlich verunsichern und negativ beeinflussen. Plötzlich war sogar sein Fachgebiet IT-Sicherheit kein Ort der Sicherheit mehr. Er wurde zunehmend unsicher, vergaß Teile seiner Präsentation oder brachte sie durcheinander, was der Logik seiner Ausführungen nicht unbedingt zuträglich war. So mühte er sich durch die zwei Stunden, und man hatte den Eindruck, dass alle im Raum froh waren, als der Vortrag endlich zu seinem Ende kam. Es gab extrem wenig Nachfragen, anscheinend bestand kaum Interesse an den Inhalten, und Herr Theissen war als Erster wutschnaubend aus dem Raum gestürmt.

So stand Bergmann ziemlich schnell allein im Tagungsraum, packte seine Sachen zusammen und konnte es selbst nicht glauben, was er da eben abgeliefert hatte. Als er ins Foyer kam, hörte er, wie Theissen auf einige seiner Kunden einredete und versuchte sich bei ihnen einzuschmeicheln. Bergmann stellte sich allein an einen Bistrotisch und nahm sich eine eiskalte Cola, um seine Nerven zu beruhigen. Er sah, wie Theissen sich seinem Bistrotisch näherte und Bergmann erkannte, dass dieser immer noch wenig amüsiert war. »Das war ja wohl nichts. Und ich dachte, Sie sind ein Experte auf diesem Gebiet. Da hätte ich auch meinen IT-Praktikanten hinstellen können. Wie konnte das nur passieren?« Bergmann stammelte eine Entschuldigung, obwohl es nichts zu entschuldigen gab: er war einfach schlecht gewesen, Punkt. Er hatte die Inhalte nicht logisch rübergebracht, der Vortrag hatte keine Struktur gehabt, und dadurch kam der eigentliche Sinn der sicherheitsrelevanten Thematik nicht wirklich beim Zuhörer an. Zum krönenden Abschluss redete Theissen noch davon, dass er sein Honorar vergessen könnte – seine Rechtsabteilung würde sich bei ihm melden.

Der Abend endete mit einem weiteren Drink an der Bar, doch Bergmanns Stimmung sollte das nicht helfen. Er ging frustriert in sein Zimmer und wünschte sich, diesen Auftrag nie angenommen zu haben.

[36] »Ich habe eine Liste geschrieben.«

»Was für eine Liste?«, fragte Heiner, als sie beide sich zum Essen getroffen hatten und nachdem Bergmann ausführlich von seinem misslungenen Auftrag erzählt hatte. Nach seinen Erlebnissen war er tief enttäuscht wieder nach Hause gefahren und hatte sich einige Tage in seiner Wohnung vergraben. Er musste immer wieder an die Formulierung von Herr Theissen denken »Und ich dachte, Sie sind der Experte.« Da hatte er sich an seinen Traum vor langer Zeit erinnert und an sein imaginäres Gespräch mit der Psychologin in der Rehaklinik. Die hatte doch auch was davon gesagt, dass nur er der Experte für sein Leben sei. Natürlich war Bergmann bewusst, dass dieses Gespräch nie in Realität stattgefunden hatte. Trotzdem kam ihm dieser Inhalt immer wieder in den Sinn. Nur er war der Experte in seinem Leben, nur er konnte entscheiden, was gut für ihn war. Und Vortragsredner in der IT-Branche war es anscheinend nicht. Auch wenn ein Aufgeben zum jetzigen Zeitpunkt eventuell zu früh und unbedacht kam, aber es fühlte sich richtig für ihn an.

»Eine Liste mit meinen Optionen.«

»Was hast du denn notiert?«, erkundigte Heiner sich und war schon ein wenig neugierig, was Bergmann sich jetzt wieder überlegt hatte.

»Ich habe sie hier dabei«, antwortete Bergmann und nahm ein gefaltetes Blatt Papier aus seiner Jackentasche, entfaltete den Zettel und legte ihn Heiner auf den Tisch. Heiner nahm den Zettel gespannt in die Hände und sah eine handgeschriebene Liste mit zehn Punkten:

- ~~Weiterhin Vortragsredner sein~~
- Sich eine weitere Zertifizierung zum Redner suchen (NEIN)
- Kein Vortragsredner sein
- Berühmt werden
- Reich werden
- Reich heiraten
- Arm sterben
- Doch wieder als IT-Berater arbeiten (?)
- Was anderes machen
- ???

»Da hast du ja 'ne ganz schöne Auswahl zusammengestellt. Punkt 9 und 10 gefallen mir am besten!«, sagte Heiner schmunzelnd.

»Leider weiß ich immer noch nicht, wofür ich mich entscheiden soll. Aber ich muss was finden, was mich zufrieden und glücklich macht«, Bergmann wirkte tatsächlich vollkommen ratlos. Wie sollte er sich nur entscheiden?

»Warum willst du es denn nicht weiter als Redner versuchen? Das war doch erst der Anfang, und ein einziger missratener

Auftrag sagt doch schließlich überhaupt nichts aus«, meinte Heiner nachdenklich.

»Ich muss immer wieder an meinen Traum nach dem Infarkt denken. Da sagte die Therapeutin zu mir, dass ich der Fachmann in den Dingen bin, die gut für mich sind. Und dieser Redner-Job ist nicht das Richtige, das fühle ich jetzt schon.«

»Was meinst du denn, worin du der Fachmann bist?«, fragte Heiner nach.

»Ich dachte immer, dass IT dein Ding ist.«

»Ja und nein. Ich habe das zwar mal gelernt und mache das ja nun schon so lange, bin auch ganz gut darin. Aber inzwischen, vor allem nach dem Infarkt, aber auch schon in den Jahren davor, stresst es mich zunehmend. Und die Therapeutin, also jetzt die echte in der Reha, sagte auch, ich solle mir Sachen suchen, die ich gerne mache und die mir guttun und mich entspannen.«

»Hört sich eher nach persönlichen Dingen an, so ein Hobby zum Runterkommen«, entgegnete Heiner.

»Aber Arbeit, die entspannt, da wird's wohl schon schwieriger.«

»Das ist es ja! Da muss es doch was geben. Ich kann jetzt nicht noch mehr Stress gebrauchen, wenn ich auf Krampf versuche, Vorträge zu halten. Und ich habe neulich auch gemerkt, dass es mir nicht wirklich gefällt. Klar, bei dem Auftrag war natürlich alles danebengegangen. Aber trotzdem, ich habe immer noch das Gefühl, dass ich grundlegend was ändern muss.«

»Mmh, schwierig. Vielleicht solltest du bei den nächsten Aufträgen ein wenig lockerlassen und das alles nicht so an dich heranlassen«, überlegte Heiner.

»Es gibt keine weiteren Aufträge, da musst du dir keine Sorgen machen«, antwortete Bergmann.

»Und was ist, wenn du mal deine Schwester in Kanada besuchst? Das bringt dich bestimmt auf andere Gedanken.«

»Habe ich auch schon überlegt, allerdings fehlt mir so langsam das Geld. Und ich will meiner Schwester auch nicht auf der Tasche liegen.«

»Hm. Du kennst doch Jose Rivero von früher, oder? Arbeitet der nicht immer noch für einen großen Kreuzfahrtkonzern? Vielleicht kann der dich günstiger nach Kanada bringen.«

»Das ist gar keine so schlechte Idee. Ich habe im letzten Jahr noch mit ihm an einem Projekt gearbeitet; den könnte ich wirklich einmal fragen.«

[37] Am nächsten Morgen telefonierte Bergmann direkt mit Jose, und wie es der Zufall so wollte, würde er sich in der kommenden Woche in Düsseldorf aufhalten. So verabredeten sie sich für einen Abend in der Altstadt, denn Jose war ein Mensch, der gerne viele Menschen und viel Trubel um sich hatte. Ganz im Gegensatz zu Bergmann, der schon bei dem Gedanken an grölende und angetrunkene Gruppen in der Düsseldorfer Altstadt schlechte Laune bekam. Doch er wollte Jose ja um einen Gefallen bitten, da musste er sich wohl auch nach ihm richten. Jose versprach, ihm ebenfalls ein Zimmer zu buchen. »Ich habe da eine tolle und günstige Gelegenheit direkt in der Altstadt, dann müssen wir abends nicht mehr weit laufen«, freute sich Jose. Bergmann versuchte, nicht weiter darüber nachzudenken, als er eine Stunde später bereits eine Reservierungsbestätigung per WhatsApp zugeschickt bekam. Das Hotel hatte den klangvollen Namen *Gasthof zum weißen Bären* und

Bergmann musste eher an Berge, Enzian und schöne Natur denken als an die volle Düsseldorfer Altstadt. »Das kann ja wieder was werden. Hoffentlich lohnt sich der Ausflug wenigstens, und ich bekomme eine Möglichkeit, günstig Richtung Kanada zu reisen«, überlegte Bergmann und suchte sich eine Bahnverbindung für die kommende Woche heraus.

Der Gasthof hatte nichts von Gasthof und erst recht nichts vom weißen Bären. Es war ein unscheinbares, graues Eckgebäude in der Fußgängerzone der Düsseldorfer Altstadt, im Erdgeschoss befand sich ein orientalisches Restaurant mit Lounge. »Was für eine Kombination«, dachte Bergmann, als er an diesem schwül-heißen Donnerstag im Hotel ankam. Wobei der Begriff Hotel oder auch Gasthof reichlich übertrieben war, es handelte sich eher um eine gehobene Absteige. Zum Glück war das Zimmer recht groß und sauber, aber vom Einrichtungsstil späte 50er oder 60er Jahre, so genau ließ sich das nicht zuordnen. Der Ausblick ging in die Fußgängerzone und zeigte Döner-Läden, Kneipen, Trinkhallen und weitere Restaurants. Eine Klimaanlage wäre jetzt schön, dachte Bergmann, doch diesen Luxus würde er hier natürlich vergeblich suchen. Also blieb nur die Alternative zwischen Fenster zu und stickig heiß oder Fenster auf, stickig heiß und zusätzlich laut, denn natürlich drangen alle Geräusche der umliegenden Läden zu ihm in den zweiten Stock hinauf. Bevor Bergmann eine Panikattacke aufgrund der Hitze bekäme, begab er sich nach unten und draußen, suchte sich ein einigermaßen ruhiges Plätzchen und bestellte ein kaltes Getränk. Jose würde in einer Stunde kommen, vorher befand er sich noch in einer Besprechung. Bergmann überlegte sich, ob es vielleicht auch etwas für ihn wäre, im Tourismus zu arbeiten.

Aber er war lieber Reisender, als dass er sich um andere Reisende kümmern wollte.

Jose erschien pünktlich und gut gelaunt. Er kam ursprünglich aus Spanien, hatte später in Deutschland studiert und Karriere in der Kreuzfahrtbranche gemacht. Er war groß gewachsen, braun gebrannt und machte einen so entspannten Eindruck, als wenn er jüngst von einem einjährigen Sabbatical zurückgekommen wäre. Bergmann wurde leicht neidisch, verwarf den Gedanken aber sofort und freute sich einfach, dass sie sich endlich wieder trafen. Sie beide hatten in den letzten Jahren öfter in verschiedenen IT-Projekten zusammengearbeitet. Man konnte sagen, dass sie gute Bekannte oder sogar Freunde waren, leider sahen sie sich jedoch kaum einmal privat, da Jose meistens weltweit unterwegs war und die Jahre vergingen, ohne dass ein privates Treffen klappen sollte. Umso größer war die Freude jetzt. Die beiden setzten sich in ein südamerikanisches Restaurant, das Jose kannte, bestellten Essen und Getränke und unterhielten sich angeregt über die letzten Monate.

Bergmann erzählte von seiner Erkrankung und seinen Erlebnissen und Überlegungen der letzten Zeit. Außerdem erzählte er, dass er seine Schwester in Kanada besuchen wolle und dafür eine geeignete und nicht zu kostspielige Anreise suche. Jose zeigte sich schockiert über Bergmanns Krankheit und drückte sein Bedauern aus. Er willigte sofort ein, Bergmann bei seiner Reise zu helfen und hatte auch gleich eine Idee: »Wir sind zufällig seit diesem Jahr dabei, ein neues IT- und Schulungsprogramm in allen Büros und auf den Schiffen einzuführen und zu schulen. Bei den Schiffen machen wir das in den Häfen zumeist durch eigene IT-Berater. Aber wenn du an Bord gehst, könnten wir natürlich schon mal ein Schiff komplett abdecken, und du könntest die Schulungen dann auf See durchführen. Wie flexibel bist du denn? Wann kannst du los?«, fragte Jose.

»Ich bin total flexibel und ungebunden, habe zurzeit keine weiteren Aufträge, also könnte ich jederzeit aufbrechen«, erwiderte Bergmann erfreut und aufgeregt. Dass es so schnell eine Lösung für seine Überlegungen geben könnte, darauf war er eigentlich gar nicht vorbereitet. Er hatte seine Schwester bisher nicht gesprochen, doch das sollte kein Problem sein, die würde sich natürlich freuen ihn zu sehen. Ob sein Reisepass noch gültig war, und wie die Corona-Bedingungen zur Einreise nach Kanada aussehen, das musste er zu Hause noch klären. Doch sonst war er natürlich flexibel und reisebereit.

»Ich kläre das ab! Ich denke in 2–3 Wochen könnte es losgehen, ist das okay für dich?«, fragte Jose nach. Bergmann bejahte die Frage und freute sich auf sein neues Abenteuer und die Möglichkeit, neue Eindrücke zu sammeln und sein gewohntes Umfeld einmal für längere Zeit verlassen zu können.

Der weitere Abend verlief zum Glück nach Bergmanns Geschmack – sie blieben in ihrem Restaurant sitzen. Normalerweise wäre Jose in eine der unzähligen Bierkneipen weitergezogen, um sich mit wildfremden Menschen nach kürzester Zeit zu verbrüdern und zu feiern. Ein Verhalten, das Bergmann nicht nachvollziehen konnte. Was ist der Grund, dass man gerne mit betrunkenen unbekannten Menschen zusammen unbedeutende Gespräche führen will? So aber blieben sie an ihrem Tisch sitzen, besprachen noch einige Einzelheiten seines Auftrages und hatten einen schönen ruhigen Abend, solange man das Gegröle von der Fußgängerzone ausblenden konnte, denn die Altstadt füllte sich immer mehr mit Touristen, Einheimischen und Feierwütigen. Bergmann war sehr froh, dass Jose nicht weiterziehen wollte, so blieb es bei der Beobachtung teils obskurer Verhaltensauffälligkeiten und einem Geräuschpegel im Hintergrund, der aus Schlagermusik, Straßenmusikanten und laut aber zumeist schief mitsingender Menschen bestand. Der Abend endete spät und für Bergmann zudem fast schlaflos. Sie kehrten nach 1 Uhr nachts in ihren Gasthof zurück, und die Zimmertemperatur betrug inzwischen gefühlt Saunaniveau, obwohl das Fenster die gesamte Zeit sperrangelweit offenstand. So blieb ihm nur die Wahl zwischen schwitzend im Bett liegen und fürchten, dass sein Herz auf Hochtouren laufen müsste, oder am offenen Fenster sitzend die nächsten Wochen zu planen und durchzudenken. Er entschied sich für den Platz am Fenster, machte sich seine Gedanken über die anstehenden Wochen und schrieb einige Listen als Gedächtnisstütze für seine kommende Reisezeit. Gegen sechs Uhr morgens fiel er dann in einen unruhigen Schlaf, um gefühlt nach wenigen Sekunden wieder hochzuschrecken. Die Uhr zeigte bereits 10 Uhr – er musste sich beeilen, um seinen Zug nach Hause noch rechtzeitig zu erreichen. Das Frühstück musste wieder einmal ausfallen.

[38] Die nächsten Wochen wurden erwartungsgemäß recht hektisch und arbeitsreich. Es gab doch mehr zu organisieren und zu beachten, als Bergmann gedacht hatte, doch letztendlich funktionierte alles. Seine Schwester freute sich ungemein auf das bevorstehende Treffen nach immerhin drei oder vier Jahren und hatte ihn eingeladen, solange zu bleiben, wie er wollte; sie hatte gleich einen

ihrer Holzfällerbungalows für ihn reserviert. Sein Reisepass war zum Glück noch über ein Jahr gültig, also blieb nur noch die Anmeldung über das Online-Portal der kanadischen Einwanderungsbehörde zu erledigen.

Dann waren da die Vorbereitungen auf seinen Schulungsjob: Jose hatte Wort gehalten und hatte es organisiert, dass Bergmann als IT-Trainer an Bord der *MS Fortune* von Bremerhaven über Schottland, das Nordkap, Island und Neufundland bis nach Quebec an Bord bleiben und arbeiten konnte. Mit den zahlreichen Hafenstopps und Landaufenthalten wäre er gut vier Wochen unterwegs, bevor er seine Schwester wiedersehen würde. Er musste täglich zweimal eine mehrstündige Schulung halten, um das Personal mit den veränderten Programmen, der neuen IT-Sicherheit und den geänderten Arbeitsroutinen vertraut zu machen. Bergmann war sehr zufrieden: sechs Stunden arbeiten, um dann auf diese Art und Weise nach Kanada zu kommen und zusätzlich noch ein Honorar, das er gut für seine Zeit vor Ort gebrauchen konnte, also ein rundum gelungener Deal! Zur Vorbereitung musste er für seine eigene Schulung noch eine Arbeitswoche zurück nach Düsseldorf reisen. Hier wurde er ausführlich vorbereitet und bekam eine komplette eigene Einweisung in das neue IT-System, so dass er sich gut aufgestellt fühlte für seinen Einsatz an Bord. Und sein Crew-Pass wurde ihm auch bereits ausgehändigt, so dass er in Bremerhaven ohne Probleme an Bord käme.

Während dieser Arbeitswoche in Düsseldorf hatte er ein Erlebnis, das ihn stark an seine Traumsequenzen vor seiner echten Reha erinnerte. An einem Mittwoch nach einem ausgiebigen Trainingstag wollte Bergmann sich unbedingt etwas zu essen gönnen.

Der Tag war hektisch und Nahrungsaufnahme war bis zum Abend nicht möglich gewesen, insofern war er sehr hungrig. In seinem Hotel hatte eine Restaurantkette mit italienisch angehauchtem Essen eine Filiale, die auch zahlreiche vegane Gerichte anboten, und er freute sich auf ein ausgiebiges und umfangreiches Essen auf der Restaurant-Terrasse. Das Konzept des Restaurants sah es vor, dass man sich sein Essen direkt selbst beim Koch am Tresen aussuchte und bestellte.

Er war angenehm überrascht, dass das Restaurant noch fast komplett leer war und es daher noch keine langen Warteschlangen vor den Kochstellen gab. Normalerweise waren diese Restaurants immer völlig überfüllt und man musste lange warten. Aber nun hatten sich nur vier Jugendliche vor ihm angestellt. Das dürfte ja nicht lange dauern, dachte Bergmann hoffnungsvoll. Allerdings musste er dann feststellen, dass vier junge Menschen mitten in einem Pubertätsschub anscheinend nicht in der Lage waren, sich schnell oder überhaupt für ein Essen entscheiden zu können. Sie blödelten mehr vor ihm herum, schauten gleichzeitig auf ihre Handys und neckten und ärgerten sich gegenseitig; sie befassten sich jedenfalls nur sehr sporadisch mit der Essensauswahl. So dauerte der Bestellvorgang schmerzlich lang, und Bergmann wurde es bereits schwarz vor Augen. Als er dann endlich an der Reihe war und vor dem Koch stand, musste er leidvoll hören, dass es weder vegane noch vegetarische Gerichte gab. »Alles aus! Nur noch Salate«, wie der Koch kurz angebunden erklärte – wahrscheinlich war er auch noch genervt von dem Auftritt der Jugendlichen vor ihm. Komisch, dachte Bergmann, wie kann denn das vor Beginn des Abendgeschäftes passieren und das ausgerechnet in einem italienischen Restaurant?

Notgedrungen entschied er sich dann für einen gemischten Salat, nicht gerade das geeignete Essen gegen großen Hunger. »Meine Nahrungsaufnahme scheint sich ja öfter mal etwas schwierig zu gestalten«, murmelte er vor sich hin, als er genervt an der Kasse stand. Die Jugendlichen hatten inzwischen vier herrlich duftende vegane Gerichte erhalten, wie Bergmann durch den Ausruf des Koches erfahren musste.

[39] Der Tag der Abreise rückte näher – und Bergmann hatte sich für die kommenden Wochen mit seinen Medikamenten eindecken müssen. Er besorgte sich zum Durchchecken auch einen zusätzlichen Termin bei seinem Kardiologen, denn Bergmann wollte nicht gänzlich unvorbereitet die lange Reise antreten, zumal ihm noch nicht klar war, wie lange er in Kanada bleiben würde. Und zusätzlich hatte er ein ungutes Gefühl dabei, dass er seinen Arzt in den kommenden Wochen nicht in seiner Nähe hatte. Ihm kam immer wieder die Erinnerung an seinen Infarkt zurück und das damit verbundene Gefühl der eigenen Ohnmacht. »Nicht darüber nachdenken«, dachte Bergmann dann meist ziemlich schnell.

Der Arzt stellte glücklicherweise keine Beeinträchtigungen fest. »Die Untersuchungen haben nichts Gravierendes ergeben, alle Ergebnisse sind gut. Sie können ganz unbesorgt sein. Genießen Sie die Zeit und machen Sie sich nicht so viele Gedanken!«, war sein Rat an Bergmann. »Leichter gesagt als getan«, dachte er beim Verlassen der Praxis, ausgestattet mit genügend Rezepten für seine Medikation für die nächsten drei Monate (lieber ausreichend versorgt sein war da seine Devise) und einem internationalen Attest in drei Sprachen, dass er die Medikamente alle benötigte. »Mit diesen Mengen an Tabletten ist mein Koffer schon fast halb voll«, überlegte er, nachdem er seine Medikamente in der Apotheke seines Vertrauens abgeholt hatte. Er fühlte sich fast wie ein Drogendealer mit dieser großen Anzahl an Tablettenblistern und hoffte gleichzeitig, dass eine Kontrolle der kanadischen Behörden ausbleiben würde, oder dass sie das Attest anstandslos anerkennen würden. Mehr konnte er im Vorfeld wohl nicht unternehmen. Und eine große Anzahl der Tabletten hätte er bei seiner Ankunft in Kanada in einem Monat auch bereits verbraucht, also wahrscheinlich machte er sich nur unnötig Sorgen. Außerdem gäbe es sicher weltweit genügend andere Menschen, die chronisch krank waren und mit jeder Menge Medikamenten reisen mussten. Da sollte es doch eigentlich keine Probleme geben, oder? Nach seiner Schiffsreise würde er nach jetzigem Plan mindestens vier weitere Wochen in Kanada bleiben; zumindest hatte er dann einen Rückflugtermin gebucht, aber den konnte er natürlich auch noch verschieben. Die eingepackten Tabletten reichten weit über diesen Zeitraum hinaus, also war alles gut. Und seine Schwester Simone würde sich sicher umso mehr freuen, je länger er bleiben würde.

Die Schiffsreise erwies sich insgesamt als recht unspektakulär, was das Erleben von neuen Ländern und Häfen anging. Bergmann musste viel arbeiten, sogar mehr als er ursprünglich erwartet hatte. Auch an den Hafentagen hatte er oft Schulungen oder zusätzliche Aufgaben an Bord zu erledigen. Daher konnte er sich wenig an Land umschauen, doch das war okay für ihn, da er hauptsächlich günstig nach Kanada kommen wollte. Und so hatte er sich noch ein kleines finanzielles Polster für Kanada ansparen können, außerdem machte ihm die Arbeit an sich viel Spaß und stresste ihn viel weniger, als er vorher befürchtet hatte. Vielleicht sollte er das als sein künftiges Lebenskonzept angehen? Immer mal wieder ein paar Wochen auf den Weltmeeren unterwegs sein, einige Schulungen geben und den Rest des Jahres zur freien Verfügung. Bergmann musste schmunzeln, als er sich dieses Leben vorstellte. Er würde mal mit Jose darüber sprechen, wenn er zurück in Deutschland wäre; eventuell gab es da eine Möglichkeit und Chance für ihn.

Auf jeden Fall hatte er an Bord der *MS Fortune* viele Menschen unterschiedlichster Nationalität und Mentalität kennengelernt. Nicht nur innerhalb seiner Schulungen, sondern auch in seiner Freizeit. Da seine Kabine sehr klein war und doch recht klaustrophobisch auf ihn wirkte, auch wenn er sich diese zum Glück nicht mit einem anderen Crewmitglied teilen musste, verbrachte Bergmann viel Zeit in der Crewmesse – die Kommunikations- und Kontaktzentrale schlechthin und der beliebte Rückzugsort der gesamten Bordbesatzung. Hier konnte man essen, seine Ruhe haben, Gespräche führen oder sich auch mal über unliebsame Gäste oder nervende Kollegen austauschen.

Bergmann hörte viele spannende Lebensgeschichten von überall auf der Welt, und er war erstaunt und gleichzeitig emotional berührt, was Menschen bereit waren auf sich zu nehmen, um ihren Familien, Kindern und Verwandten ein besseres Leben zu ermöglichen und sie finanziell zu unterstützen. So hörte er Geschichten von Menschen, die neun oder sogar zehn Monate am Stück an Bord waren und sieben Tage die Woche arbeiteten, damit sie ihre Daheimgebliebenen entsprechend finanzieren und ihre Kinder zur Schule schicken konnten, damit diese später ein Leben mit einem besser bezahlten Job in ihrer Heimat fänden. Einmal im Jahr gab es einen Heimaturlaub von zwei Monaten, um danach wieder für neun oder zehn Monate unterwegs zu sein und täglich zu schuften. Bergmann konnte sich nicht vorstellen, wie man ein Dreivierteljahr auf engsten Raum leben konnte, sich eine winzige Kabine von ein paar Quadratmetern auch noch teilen musste, und dann in der Lage war, Tag für Tag für die Gäste da zu sein, ständig freundlich zu sein und hart zu arbeiten. Er merkte, dass er in Bezug auf Arbeitsdisziplin, Ausdauer und wahrscheinlich auch Leidensfähigkeit so einiges dazulernen konnte. Sein Respekt vor diesen Menschen wuchs enorm an in den Wochen an Bord, und er verließ das Schiff mit Demut und Dankbarkeit für sein eigenes Leben.

Ein Erlebnis der speziellen Art hatte Bergmann in seiner ersten Woche an Bord gehabt, an das er öfter mit Erheiterung zurückdenken musste. Es war ein lauer Spätsommerabend gewesen in einem Hafen in Schottland – nach Aussage der Einheimischen war es viel zu warm für die Region und die Jahreszeit gewesen. Doch Bergmann war es eigentlich ganz Recht, denn so konnte er sich in Ruhe einen Cocktail an Deck genehmigen und den Sonnenuntergang genießen. Ein nicht zu unterschätzender Luxus, wenn man als Schulungsleiter an Bord eines Kreuzfahrtschiffes arbeitete, war der Umstand, dass er alle Einrichtungen und Bars auch selbst nutzen durfte. Er saß nun bereits eine geraume Zeit an der Horizon-Bar und ließ seinen Blick über die Ausläufer der schottischen Highlands schweifen, während er vor sich hinträumte und über nichts Grundlegendes nachdachte. Einfach sitzen, ein und ausatmen und genießen, nach einem Tag voller Schulungen und Gesprächen mit der Crew genau das Richtige, um ein wenig zu entspannen. Am anderen

Ende des Bartresens saß eine jüngere Frau, die ihn anscheinend schon länger beobachtete. Das war Bergmann bereits vorher aufgefallen: Wenn man auf einem Schiff arbeitete und seine Freizeit in der Öffentlichkeit der Gäste verbrachte, fanden die Reisenden das immer äußerst interessant und versuchten über kurz oder lang, einen in ein Gespräch zu verwickeln. Auch diese Frau, die sich immer wieder einen Schluck von ihrem *Double-Mango-Shot mit extra viel Rum* gönnte, wie Bergmann sogleich an dem knallbunten Cocktailglas in Form einer Mangofrucht erkannte, blickte ständig verstohlen zu ihm hinüber. »Die wird mich bestimmt gleich anquatschen«, dachte er. Die Frau starrte aber erst einmal nur weiter, und sie sah aus, als ob sie mit sich ringen würde, was sie als nächstes tun sollte. Bergmann nahm das wahr, und obwohl er nicht unbedingt zu einem Gespräch aufgelegt war, war er insgeheim doch gespannt, ob sie sich trauen würde und was sie wirklich von ihm wollte.

Es vergingen weitere zehn Minuten, bevor sie sich vernehmlich räusperte und sich zu ihm an seine Ecke des Tresens begab. Sie räusperte sich erneut und sagte dann mit einer leisen und unsicheren Stimme: »Entschuldigen Sie, es ist normalerweise nicht meine Art, fremde Männer einfach so anzusprechen. Aber ich muss ihnen etwas sagen.« Danach sagte sie allerdings nichts mehr, sie starrte Bergmann an, und es wirkte so, als ob sie jeden Moment flüchten würde. Bergmann versuchte es mit einem kurzen »Ja?«, auch nicht die charmanteste Variante, und es sollte auch nur eine kleine Aufmunterung darstellen, aber es passierte weiterhin nichts. Die Frau stand vor ihm, starrte ihn an und sagte weiterhin nichts. Die Situation wurde Bergmann nun fast unheimlich, und er war gerade im Begriff aufzustehen und einfach zu gehen.

»Entschuldigen Sie vielmals«, versuchte sie es ein erneutes Mal.

»Ich sage es Ihnen jetzt einfach.«

»Tja, nun kommt's«, dachte Bergmann und harrte der Dinge, die da nicht kamen.

»Also, die Sache ist die ...«, setzte sie erneut an.

»Als ich da eben an der Bar saß und zu Ihnen hinüberschaute, und die Sonne so von hinten durch ihre Sonnenbrille fiel ..., da sahen Sie aus ... wie Pierce Brosnan.« Bergmann schaute verwundert und perplex zurück. Was war das denn jetzt? Wollte die Frau ihn hier nach 30 Sekunden Gespräch anbaggern, oder war sie einfach verwirrt oder betrunken vom Mango-Shot? Bergmann überlegte, was er Schlaues oder Unverfängliches antworten könnte. Die Situation war jedoch so, dass ihm nichts Passendes zur Erwiderung einfiel, und so starrten sie sich beide hilflos an, bevor der Frau die Lage anscheinend zu unangenehm wurde. Ihr Gesicht lief puterrot an, sie drehte sich um und stolperte in Richtung Pool davon. Dabei schaute sie sich noch einmal um und stammelte ihm ein »'Tschuldigung.« hinterher.

[40] Der Mittwoch war regnerisch und kalt, die Wolken hingen tief über dem Hafen, und Bergmann stand mit seinem Gepäck in einem kleinen Abfertigungsschuppen vor der *MS Fortune* und wartete auf sein bestelltes Taxi. Nach all den Wochen an Bord fiel ihm der Abschied von der Crew doch schwerer als gedacht. Er hatte einige vom Personal richtig in sein Herz geschlossen und fühlte sich nun etwas verloren hier so allein auf der Pier. Das Schiff lag in einem kanadischen Provinzstädtchen im Bundesstaat Nova Scotia.

Keine 200 Meter entfernt ächzte und dampfte eine altersschwache Papierfabrik vor sich hin, und das Innenstadtzentrum war ebenfalls von hier aus zu erkennen. Er war nun zwei Tage vor Quebec ausgestiegen, da sein Arbeitsauftrag schneller erledigt war als geplant und er sich Quebec lieber in Ruhe mit seiner Schwester anschauen wollte. Er hatte eine fast achtstündige Bahnfahrt durch den Nordosten Kanadas vor sich, bevor seine Schwester ihn in Grand Falls abholen würde – von dort sollten sie noch einmal eine Stunde mit dem Auto fahren, bevor sie das Feriencamp erreichen würden.

Trotz der Wehmut nach dem Abschied von Bord freute er sich ungemein auf seine Schwester. »Nach all den Jahren wird es auch mal wieder Zeit, sich zu sehen, zumal nach meinem Infarkt in diesem Jahr«, grübelte Bergmann. Wie schrecklich wäre es für Simone gewesen, wenn er diesen Infarkt nicht überlebt hätte? »Bloß nicht weiter daran denken«, dachte er, bevor er aus seinen Gedanken gerissen wurde, als sein Taxifahrer mit einem völlig verbeulten Honda SUV vor ihm hielt. Der Fahrer stellte sich als Jim vor, ein ehemaliger Vietnamsoldat aus dem US-Staat Michigan, der nach seiner Armeezeit nach Kanada ausgewandert war und sich an diesem kleinen Fleck Erde ein neues Leben aufgebaut hatte. Obwohl die Fahrt zum Bahnhof keine zehn Minuten dauerte, wusste Bergmann danach über fast die gesamte Familie von Jim Bescheid. »Sehr unterhaltsam und mitteilsam, diese Kanadier«, dachte er. Obwohl es sich bei Jim nur um einen eingewanderten Kanadier handelte.

Doch Bergmann sollte seine Erfahrung während der mehrstündigen Bahnfahrt mehr als bestätigt sehen. Überall traf er auf freundliche, lustige und redefreudige Mitreisende mit den unglaublichsten Erzählungen und Lebensgeschichten, so dass Bergmann während der Bahnfahrt kaum zum Luftholen oder Ausruhen kam. Es war bereits finsterster Abend, als sein letzter Zug endlich in Grand Falls, seiner Endstation, ankam. Bergmann war völlig aufgelöst in Vorfreude auf seine Schwester. Er überlegte, ob sie wohl direkt am Bahnsteig auf ihn warten würde, oder ob er erst ihr Auto vor dem Bahnhofsgebäude suchen müsste, wobei er nicht einmal wusste, was für ein Fahrzeug sie fuhr. Doch bevor er weiter darüber nachdenken konnte, entdeckte er seine Schwester am Ende des Bahnsteiges, um sich schauend und anscheinend genauso aufgedreht wie er selbst. Sie war eine groß gewachsene Frau mit einer wilden blonden Haarmähne, die in alle Richtungen abstand und sie noch auffälliger und einzigartiger machte. Typisch Simone, grinste Bergmann glücklich. Neben ihr stand ein massig gebauter Mann mit Vollglatze, der sie von der Größe her noch um einen Kopf überragte – er wirkte fast wie ein Leibwächter, so konzentriert scannte er seine Umgebung mit einem scharfen Blick. Nur das Outfit wollte nicht ganz zu seiner Erscheinung und der Jahreszeit passen, denn er trug einen grellfarbenen, flatternden Trainingsanzug. Irgendwas kam Bergmann daran bekannt und vertraut vor, doch er kam nicht darauf, was es war. Schließlich kannte er niemanden hier in Kanada. Und sein Schwager Mike war es hundertprozentig nicht, der war zwar groß, hatte aber eine lange, wallende schwarze Haarpracht und wog mindestens 50 Kilo weniger. Bergmann kam nicht weiter zum Nachdenken, denn in diesem Moment hatte Simone ihren Bruder entdeckt und kam mit einem lauten Ausruf auf ihn zugelaufen. »Hallo Bärchen, da bist du ja endlich!« Gut, dass niemand Bergmanns Kosenamen verstehen konnte, denn das wäre ihm trotz aller Wiedersehensfreude doch etwas peinlich gewesen. Doch im Rückblick auf die Zeit in Kanada gesehen, war die laute Begrüßung mit seinem Kosename noch die kleinste Überraschung, die er erleben sollte.

[41] *Ein Jahr später*

Bergmann eilte über die Straße, um möglichst wenig vom Hamburger Regen abzubekommen. Was für ein grauseliges Herbstwetter! Er war spät dran, denn die Vorbesprechungen für den heutigen Abend hatten mehr Zeit in Anspruch genommen als gedacht. Nun wollte er sich mit Benno in einem Café treffen, die letzten Stunden vor ihrem ersten Auftritt genießen und noch letzte Änderungen abklären, um einen gelungenen Auftakt zu erleben. Was war das nur für ein ereignisreiches und vollkommen überraschendes letztes Jahr gewesen! Hätte ihm jemand vor einem Jahr erzählt, dass er heute in Hamburg als Schriftsteller und Sidekick seines Protagonisten unterwegs sein sollte, er hätte es nicht geglaubt und denjenigen für verrückt erklärt. Wie das Leben so spielte – ein Satz, der nicht klischeehafter und gleichzeitig nicht wahrhaftiger sein konnte.

Nachdem Bergmann vor gut einem Jahr seine Schwester in die Arme geschlossen hatte, wurde ihm der Mann an ihrer Seite vorgestellt. »Bärchen, du erinnerst dich sicher noch an Benno. Ihr wart ja zusammen zur Reha, das hat Benno mir schon ausgiebig erzählt. Schade, dass ihr damals nicht schon Kontakt hattet.« Der Ballonseidenmann? Natürlich, daher kam ihm der Mann so bekannt vor. Die Sprüche im Reha-Café, der Ballonseidentrainingsanzug, ihr gemeinsames Frühstück – jetzt erinnerte sich Bergmann wieder deutlich daran zurück. Doch Moment, das war doch alles nur in seinem Traum passiert?! Wieso war der denn überhaupt real? Das konnte doch gar nicht sein! Und was machte ausgerechnet dieser Mann hier bei seiner Schwester in Kanada? Wieso kannte er seine Schwester? Warum holte er ihn zusammen am Bahnhof ab? Bergmann war vollkommen verwirrt, und diese Verwirrung sollte eine Zeit lang anhalten. Er erzählte den beiden davon, dass er von einem Mann, den er den Ballonseidenmann genannt hatte, bereits geträumt hätte. Und er fragte sich, wie es denn sein könne, dass er jetzt tatsächlich vor ihm stand. Seine Schwester meinte dazu nur: »Ach, Bärchen, du bist nach deinem Infarkt ja immer noch ganz durcheinander. Es wird Zeit, dass du hier zur Ruhe kommst. Ich werde dich wieder aufpäppeln. Bleib' ganz ruhig, das hat schon alles seine Richtigkeit.« »Ich war doch auch in der Klinik in der Lüneburger Heide bei Prof. Messmann, so wie du. Hast du mich denn dort gar nicht bemerkt?«, fragte ein nun auch sichtlich verwunderter Benno. Offenbar hatte Bergmann das nicht und war recht erleichtert über die einfache Erklärung.

Mit vollständigem Namen hieß der Mann Benno Kaschinski und war 20 Jahre zuvor ein recht bekannter und erfolgreicher Profiboxer gewesen. Mit seinem Kampfnamen *Die Bulldogge vom Niederrhein* war er durch die Boxarenen gezogen und wäre zu seinen Höchstzeiten fast einmal Boxweltmeister geworden. Doch dann verlor er völlig unerwartet seinen Weltmeisterkampf gegen einen Gegner, den er laut Expertenmeinung hätte haushoch schlagen müssen. Die Hintergründe zu dieser Niederlage blieben im Unklaren und Kaschinski zog sich danach vollkommen aus dem Boxsport zurück. Er tauchte später in Hamburg auf, arbeitete eine Zeit als Leibwächter für Udo Lindenberg und andere Prominenz, bevor er als Türsteher auf der Reeperbahn sein Geld verdiente und dann im letzten Jahr vor der Tür eines Clubs einen Herzinfarkt erlitt und zum Frühjahr in derselben Rehaklinik landete wie Bergmann. Das erfuhr Bergmann in langen Gesprächen, denn die beiden verstanden sich von Anfang an gut und machten daher ausgiebige Wanderungen durch die einsame Natur in der Nähe von Simones Camp. Bergmann konnte seine Verwunderung und Ungläubigkeit über ihr Treffen und Kennenlernen immer noch nicht ganz verbergen, doch gleichzeitig merkte er, dass ihn Bennos Lebensgeschichte immer mehr interessierte, die Spaziergänge der beiden immer ausgiebiger wurden und sie sich immer länger und intensiver unterhielten, was er sicher nicht für möglich gehalten hätte, wenn ihm das jemand am Bahnhof erzählt hätte.

Benno erwies sich als lebensweiser, witziger und gleichzeitig bescheiden auftretender Gesprächspartner. Bergmann genoss die Zeit und die Gespräche mit Benno. Er war froh, dass er sich einmal so ausgiebig unterhalten konnte, und dann war bei beiden noch die schlimme Erfahrung des Herzinfarktes; hier hatten sie ähnliche Erfahrungen gemacht und teilten die gleichen Sorgen und Bedenken. Natürlich war Bergmann am neugierigsten darauf zu erfahren, wie Benno überhaupt in das Camp seiner Schwester gekommen war. »Ich habe an einem Nachmittag im Reha-Café an einem Nebentisch hinter dir gesessen und habe zufällig mitbekommen, dass du einem Mitpatienten erzählt hast, dass deine Schwester und dein Schwager ein Feriencamp hier in Kanada besitzen. Du hattest damals so begeistert davon erzählt und hast dabei auch den Namen des Camps erwähnt, so dass ich schon damals dachte, das wäre was für mich.

Ich habe schon während der Reha gemerkt, dass ich raus muss aus meinem alten Trott und dem Hamburger Kiez. Ich wollte mir Gedanken über mein neu gewonnenes Leben machen, wollte nochmal ganz von vorne anfangen. Und wo ginge das besser als in einem abgeschiedenen Ort mitten im Wald. Ich bin dann nach der Reha aber erst nach Hamburg zurückgekehrt und habe versucht, mein Leben wieder in den Griff zu bekommen. Daraufhin habe ich meinen Job gekündigt und überlegt, was ich jetzt machen sollte. Dabei ist mir wieder dein Gespräch eingefallen. Ich habe die Homepage deiner Schwester gesucht und gefunden, es hat mir sofort gefallen, was ich dort gesehen habe, und so habe ich diese kleine Holzhütte auf dem Gelände für drei Monate gemietet und mir danach ein Flugticket besorgt. Als ich dann hier ankam, war ich total begeistert von der Natur und der Ruhe. Ich bin viel gewandert, habe wieder ein wenig das Boxtraining aufgenommen, habe abgenommen und fühle mich inzwischen zumindest körperlich so fit wie seit Jahren nicht mehr. Nur bin ich mir immer noch im Unklaren darüber, was ich in Zukunft eigentlich geschäftlich machen soll. Darüber habe ich eines Abends mit deiner Schwester und deinem Schwager gesprochen. Und beide meinten, dass wir beide uns sicher gut verstehen würden und du nach Kanada kommen wolltest. Sie meinten, dass wir uns vielleicht zusammen eine neue Geschäftsidee überlegen könnten, da du dich auch neu ausrichten willst. Und so habe ich meinen Aufenthalt einfach verlängert und stand mit Simone zusammen am Bahnhof.«

»Aber«, fragte Bergmann, »warum läufst du ständig in diesem hässlichen Trainingsanzug herum? Ich dachte zwar, ich hätte den Ballonseidenmann nur geträumt, aber anscheinend existiert der ja wirklich«, grinste Bergmann. Auch Benno musste lachen: »Ja, ich weiß, das ist ein altes Erinnerungsstück an den Beginn meiner Boxkarriere und war immer so eine Art Glücksbringer für mich. Und dass du auch von einem Trainingsanzug geträumt hast, scheint doch ein gutes Omen und ein Glücksbringer für die Zukunft zu sein.«

Bergmann konnte es nicht glauben, aber Benno war ein echter Charakterkopf, ein sympathischer Kerl, der ungemein gut erzählen konnte. »Was der alles schon erlebt hatte in seinem Leben«, dachte Bergmann, das müsste man eigentlich aufschreiben, damit alle diesen sympathischen Benno K. kennenlernen können. Hatte er doch damals in der Klinik bereits überlegt, ob er nicht eine Geschichte über einen Mitpatienten schreiben sollte.

Und so liefen die beiden Tag für Tag und Woche für Woche durch die kanadischen Wälder und redeten, alberten herum und spekulierten über ihre Zukunft. Bergmann erzählte von seinen Plänen, Überlegungen und beruflichen Misserfolgen seit seiner Erkrankung. Und so überlegten sie gemeinsam, was sie machen könnten. Benno überlegte, ob er eine Kneipe eröffnen sollte, doch dann wäre er wieder in seinem alten Milieu, aus dem er unbedingt wegwollte. Eine andere Idee von ihm war, ein altes Segelschiff zu kaufen und Waren auf der Elbe zu transportieren. Allerdings hatte Benno keine Ahnung von der Schifffahrt und ob das eine gute Geschäftsidee wäre, konnte er auch nicht beantworten. Und so spekulierten sie weiter, kamen nach und nach auf die verrücktesten Ideen, die sie aber zumeist sofort wieder verwarfen, um sich neue Dinge zu überlegen. So wollte Bergmann gerne ein Uhrmachergeschäft oder ein Schokoladengeschäft eröffnen, obwohl auch er von beidem keine Ahnung hatte und auch das Startkapital inzwischen nicht vorhanden sein würde, um solche Läden überhaupt einzurichten. Doch allein das Spekulieren und Fantasieren in den inzwischen tief verschneiten Wäldern New Brunswicks taten seinem Geist und seinem Herzen gut – Bergmann fühlte sich so frei und gesund wie seit Ewigkeiten nicht mehr.

[42] In der letzten Woche von Bergmanns Aufenthalt hatten sie dann die zündende Idee, sie waren sich jedenfalls beide einig und waren sehr euphorisch. Es begann damit, dass Bergmann zum wiederholten Mal davon anfing, dass man Bennos Leben aufschreiben oder verfilmen müsste, worauf Benno dann schließlich erwiderte, dass er das nur machen würde, wenn er sein Biograf werden würde.

»Aber ich weiß ja gar nicht, ob ich überhaupt schreiben kann!«

»Hast du denn schon mal was geschrieben?«, fragte Benno.

»Nein, natürlich nicht.«

»Und woher willst du dann wissen, dass du nicht schreiben kannst?«, antwortete Benno schmunzelnd. So alberten sie weitere Tage herum, bevor die Idee Bergmann immer mehr begeisterte.

Warum nicht mal was ganz Neues wagen? Das hatte er sich doch eigentlich vorgenommen nach seinem Infarkt. Wenn er nicht jetzt einmal etwas wirklich Verrücktes wagte, wann denn dann? Was sollte noch alles passieren, bis er sich endlich traute? Sie redeten ausgiebig über diese neue Idee, und auch Benno schien mehr und mehr Gefallen daran zu finden, sein Leben und seine Geschichten in einem Buch herauszubringen. Bergmann zweifelte allerdings daran, wie sie das alles finanzieren sollten. Doch Benno meinte nur:

»Darüber mach' dir mal keine Gedanken. Wenn wir das wirklich machen wollen, besiegeln wir das hier mit einem Handschlag, und ich stelle dich als meinen Hof-Schriftsteller und Manager für ein Festgehalt ein. Ich habe noch genügend von meinen früheren Siegprämien über, habe da einen ganz guten Bankberater. Und über meine alten Hamburger Kontakte finden wir bestimmt einen Verlag, der uns unterstützt und die Geschichte druckt.« Bergmann konnte es nicht glauben, dass ein ihm vor sechs Wochen völlig unbekannter Mensch komplett vertraute, ihm dieses Angebot machte und an einen gemeinsamen Erfolg glaubte.

Und so standen zwei Männer mittleren Alters irgendwo in den kanadischen Wäldern, gaben sich an einem Dienstag im November um 14:04 Uhr einen feierlichen Handschlag und besiegelten damit ihre weitere berufliche Karriere. Bergmann würde das Boxerleben von Benno Kaschinski dokumentieren und aufschreiben, sie würden das Buch auf den Markt bringen und würden gemeinsam durch die Lande tingeln, um das Buch zu einem Verkaufsschlager zu machen.

Die kommenden Wochen und Monate verbrachten die beiden fast ausschließlich mit der Recherche für das Buch, was bedeutete, dass Bergmann hauptsächlich den Geschichten von Benno lauschte, sie mit dem Handy aufnahm, sich Notizen machte und dabei versuchte, einen Überblick zu behalten und die Geschichten zu strukturieren. Denn Benno hatte zwei große Talente: Geschichten zu erzählen und Geschichten durcheinander zu erzählen. Da gab es keinen chronologischen Zusammenhang, keine inhaltliche Abstimmung aufeinander. Mal erzählte er was von seiner Großmutter, bei der er hauptsächlich aufgewachsen war, dann erzählte er von seinem Leben als Türsteher in Hamburg, um dann auf eine Anekdote als jugendlicher Boxlehrling einzugehen. Bergmann verlor schnell den Überblick, wurde teilweise panisch, weil er nicht wusste, wie er das Ganze in einen logischen Ablauf packen sollte, damit das Buch auch lesbar und verständlich wurde. Doch die meiste Zeit hatten sie viel Spaß, Bennos Geschichten waren aus Sicht von Bergmann einfach unglaublich. Er konnte es nicht fassen, was für ein Erzähltalent Benno hatte. Seine Auftritte auf den Lesebühnen dieser Welt konnten nur legendär werden. »Und das wird das beste und witzigste Buch über einen Boxer, dass ich je gelesen habe«, dachte Bergmann, bevor ihm klar wurde, dass er noch überhaupt kein Buch über einen Boxer gelesen hatte. Aber das spielte auch keine Rolle – es ging um die Geschichten, die Schicksale und die Energie, die Benno zum Ausdruck brachte. So trafen sie sich oft und lange in Bennos Wohnung unweit der Reeperbahn – einer schicken Loftwohnung mit Blick über Hamburgs Dächer, die Elbphilharmonie und die unzähligen Kräne im Hamburger Hafen. »Nebenan wohnt die Helene Fischer. Die ist aber meistens unterwegs«, meinte Benno schmunzelnd.

Bergmann saß am Fenster. Der Schreibtisch war sein neuer Lieblingsplatz in Bennos Wohnung, er liebte die freie Aussicht über die Stadt – hier konnte er sich zugleich auf Bennos Erzählungen konzentrieren, seinen Blick schweifen lassen und an den passenden Formulierungen feilen. Damit er nicht täglich zum Schreiben zwischen Hamburg und seiner Wohnung pendeln musste, hatte Benno ihm sein Gästezimmer zur Verfügung gestellt. Ein Raum, der eher einem Museum ähnelte, denn hier wurden alle Pokale, Fotos und sportlichen Utensilien von Bennos Boxkarriere geparkt und gestapelt. Doch Bergmann fühlte sich wohl in diesem Raum, so konnte er die Erzählungen vom Tage quasi vor dem Schlafen mit Bildern, Trophäen und Gegenständen verbinden und sich besser in Benno hineinversetzen. Dieser stellte sich immer mehr als ehrgeiziger und talentierter, aber auch äußerst lebensbejahender Mensch dar. Das Lebensfrohe in ihm hatte dann zwar eine längere Boxkarriere verhindert und war wahrscheinlich auch für den verlorenen WM-Titel verantwortlich, da das Trainingspensum nicht dem eines Weltmeisters würdig war. Doch Benno schien zufrieden zu sein mit dem, was er durch den Boxsport erreicht hatte. Und nach seiner Herzerkrankung im letzten Jahr und der anschließenden Reha war er jetzt neu motiviert, war hoch zufrieden mit der Entstehung des Buches und sah sehr positiv in die Zukunft. Nach nunmehr etwas über acht Monaten anstrengender Schreibarbeit freuten sie sich über das gerade fertiggestellte Manuskript, überlegten einen passenden Buchtitel und waren mit der Covergestaltung beschäftigt. Es herrschte immer noch kreatives Chaos auf Bennos Schreibtisch, alles lag voll mit Fotos, Notizen und korrigierten Seiten des Manuskriptes, dazwischen stand ein Becher dampfender Kaffee und ein angebissenes Käsebrötchen, und Bergmann beobachtete mal wieder die Nachbarschaft durch die große Fensterfront. Obwohl sie erst seit einigen Monaten zusammenarbeiteten, hatte Bergmann das Gefühl, dass er nie was anderes gemacht hatte. Er war so mit Eifer und Einsatz dabei, dass er nicht glauben konnte, dass ihm lange unklar war, was er eigentlich noch mit seinem Leben anfangen sollte.

»Wie wäre es mit *Der Boxer mit Herz*? Das passt doch gut zu mir. Erst als Boxer und dann mit meiner Krankheit«, überlegte Benno.

»Und dann machen wir ein großes Herz auf das Cover.«

»Nee, ich weiß nicht. Finde ich nicht so einprägsam als Buchtitel. Das muss mehr knallen. Etwas, an dem die Leute gleich hängen bleiben«, entgegnete Bergmann, der auf einem Stück Papier herumkritzelte und verschiedene Titel überlegte und ausprobierte.

»Wie is' denn *Die Bulldogge?*«

»Hört sich ein wenig nach Hundebuch an. Und wenn wir was mit deinem Markenzeichen machen?«

»Was ist denn mein Markenzeichen?«, wunderte sich Benno.

»Willst du das Buch *Der goldene Schwinger* nennen? So wurde damals nämlich mein rechter Haken genannt.«

»Gar nicht schlecht«, überlegte Bergmann.

Am späten Abend hatten sie ungefähr zwanzig verschiedene Titel und mögliche Cover durchgespielt, diskutiert und wieder verworfen. Doch zum Schluss hatten sie sich einigen können, und so bekam das Buch den Titel *Der goldene Schwinger. Voll auf die 12!*.

[43] Der renommierte Hamburger Verlag *Clubhouse Nord* nahm sich den beiden an – Benno hatte tatsächlich Wort gehalten und seine Kontakte, die er aus seinem Leben als Bodyguard in der Welt der Hamburger Prominenz erworben hatte, konnten ihnen die ersten Gespräche im Verlagswesen sichern. Diese Gespräche ergaben weitere Gespräche, die dann schließlich bei *Clubhouse Nord* endeten. Als erstes wurde ihnen ein erfahrener Lektor an die Hand gegeben, der bereits einige Biografien aus dem Sportbereich lektoriert hatte. Er überarbeitete das Manuskript akribisch und wollte mehrere Passagen komplett verändert sehen. Es bedurfte daher langer Gespräche und etlicher Kompromisse mit Bergmann und Benno, bis beide Seiten mit dem Ergebnis zufrieden waren.

Als Höhepunkt für Benno konnte er Udo Lindenberg tatsächlich dafür gewinnen, das Buch-Cover seines ehemaligen Leibwächters zu gestalten, was natürlich zusätzlich Publicity erzeugte und schon vor der Druckfreigabe des Buches für viel Aufmerksamkeit in den Medien sorgte. Damit stand einem erfolgreichen Auftakt nichts mehr im Wege, und auch die geplante Lesetour, die zuerst nur in Hamburg, Bennos Heimatstadt Kleve und weiteren drei Städten stattfinden sollte, musste bereits kurz nach Beginn des Vorverkaufes um weitere Städte ausgedehnt werden. Somit hatten die beiden nun eine vierwöchige Tour durch fast ganz Deutschland vor sich, und weitere Promo- und Interviewtermine warteten bereits.

Das Buch kam vor einer Woche auf den Markt und stürmte sofort auf Platz 3 der Spiegel-Bestsellerliste. Bergmann konnte es nicht glauben. Sie hatten tatsächlich das erreicht, was sie nicht wirklich für möglich gehalten hatten: Sie waren bereits erfolgreich, bevor sie überhaupt auf Lesetour gingen, die Kritiken zum Buch waren hauptsächlich positiv, und sie bekamen weitere Anfragen zu Lesungen und erste Anfragen zu Talkshows und Podcast-Formaten.

Heute Abend sollte nun der inoffizielle Start ihrer Lesereise erfolgen. Hierfür hatten sie sich einen ganz besonderen Ort ausgesucht. Sie wollten ihre Tour unbedingt dort starten, wo ihre gemeinsame Geschichte begonnen hatte, auch wenn sie damals davon nichts ahnten – nämlich in der Rehaklinik in der Lüneburger Heide. Sie hatten im Vorlauf mit der kaufmännischen Leitung der Klinik gesprochen, hatten von ihrem Buchprojekt erzählt und erklärt, dass sie als zwei »Ehemalige« gerne dort in der Klinik mit ihrer Lesung beginnen wollten. Die Klinikleitung war der Idee gegenüber sehr aufgeschlossen, und man beteiligte sich mit viel Eifer und Engagement an der Organisation des bevorstehenden Abends. Für diese erste Veranstaltung waren ausschließlich aktuelle Patienten und das Klinikpersonal eingeladen, aber Benno hatte es geschafft, dass einige Pressevertreter vor Ort sein würden, um ihren Start journalistisch aufzubereiten.

Benno und Bergmann kamen rechtzeitig vor Lesungsbeginn an, und Bergmann musste unwillkürlich an seinen ersten Rehatag zurückdenken. Was war nur alles seitdem passiert, und was hatte sich nicht alles für ihn verändert! Sie inspizierten den Veranstaltungsraum, es standen Stühle für fast 150 Leute bereit. Sie unterhielten sich mit einigen ihrer damaligen Ärzte und der Klinikleitung, und Bergmann hatte kurz die Gelegenheit, mit seiner Psychologin zu sprechen. Ein fast surreales Gefühl, nun wieder mit ihr zu reden und selbst tatsächlich in einem neuen Leben angekommen zu sein.

Sie waren beide ziemlich aufgeregt, als sie pünktlich um 19 Uhr auf die kleine provisorische Bühne traten. Der Veranstaltungsraum war voller Menschen, Bergmann erkannte etliche Ärzte und auch Krankenschwestern wieder. Selbst vom Küchenpersonal waren etliche vorbeigekommen, Bergmann erkannte sie an ihrer Küchenkleidung. Er hatte sich nicht wirklich überlegt, wie sie beginnen wollten, er dachte sich, spontan ist immer die beste Lösung.

»Meine Damen und Herren, herzlich willkommen zu unserer heutigen Lesung. Wir freuen uns sehr, dass heute Abend so viele Zuhörerinnen und Zuhörer gekommen sind, um zwei Ex-Patienten dabei zu lauschen, wie aus angeschlagenen, kranken und auch leicht desorientierten Männern wieder zwei optimistische und in die Zukunft blickende Männer wurden. Und stellvertretend dafür steht das Buch und die Geschichte dahinter, die wir ihnen hier heute erzählen möchten. Und zusätzlich sind es die Anekdoten eines ganz besonderen Boxers. Viel Vergnügen dabei!«

Der erste Applaus brandete auf und Bergmann lehnte sich zurück, überließ nun Benno Mikro und Bühne und lauschte der ersten Erzählung. Bergmann fühlte sich wohl, er fühlte sich hier an diesem Ort zum ersten Mal richtig wohl – und er fühlte sich lebendiger denn je, und genau darum ging es doch.

Und jetzt bloß nicht wieder aufwachen.

By the way ...

Danke an alle, die geholfen haben, dieses Buch zu dem zu machen, was es ist – ein Neustart!

Wolfgang, danke, dass du immer wieder neue Geschichten wissen wolltest, als ich noch im Krankenhaus war. Du hast den Startschuss gegeben ;-).

Danke an mein Herz, dass es mich nicht im Stich gelassen hat und mir diese zweite Chance gegeben hat. Wäre ja auch zu ärgerlich gewesen!

Danke an meinen Schatz, dass du mit mir zusammen bist, auf mich aufpasst und die Erste warst, die die gesamte Geschichte lesen und korrigieren durfte. Du hast das Buch gerettet.

Vielen Dank an *No Talent Studio* für die Gestaltung und das geniale Cover – ihr seid die Besten!

Rieke und Annabelle, hier nun das nächste Buch in der Familie. Zu guter Letzt, liebes NDR-Team vom *Roten Sofa*, ich warte auf einen Anruf :)

Über den Autor:

Martin Stülten, Jahrgang 1963, kommt aus Norddeutschland und lebt in Kiel. Er war über 20 Jahre in der Tourismusbranche tätig, um dann als Selbständiger Seminare und Trainings zu geben. Sein erstes Buch war ein Fachbuch. Nach einem gesundheitlichen Notfall sollte Herr Bergmann ihn auf den Weg der Besserung bringen.

Originalausgabe

Auflage 2023

Cover & Gestaltung: No Talent Studio

Printed in Poland
by Amazon Fulfillment
Poland Sp. z o.o., Wrocław

24454134R00077